俄耳甫斯诗译丛

Hugo von Hofmannsthal

Der Jüngling in der Landschaft

胡戈·冯·霍夫曼斯塔尔

Hugo von Hofmannsthal

1874—1929

新浪漫主义派及象征主义派诗人、剧作家、散文家。

出生于维也纳，是富商后裔、受封贵族，亦是文坛传奇。

16 岁开始发表作品，其诗呈现出罕见的轻盈俊逸和宛如天成的精致完满，随即赢得了“神童”的雅称。他是 19 世纪末维也纳炙手可热的少年诗才，唯有彼时的济慈和兰波可比肩。

后主要转入诗剧的创作，以《昨日》《提香之死》《愚人与死神》《白扇记》为代表，延续了与诗歌相同的主旨和风格。赫尔曼·布洛赫推崇的这一“现代那喀索斯”，如同希腊神话中因迷恋自己倒影的美貌而早夭，继而化为水仙花的少年，他用美编织出光华与颓败，恋生与念死缠绕的绮丽之梦。“生命，梦幻与死亡”的主题，纵贯了他一生的创作。

晚期致力于革新古希腊悲剧、中世纪神秘剧和巴洛克戏剧，改编了多部古希腊悲剧。后与马克斯·莱因哈特等人一起创办“萨尔茨堡音乐节”，并与理查德·施特劳斯合作写了多部歌剧，如《玫瑰骑士》《失去影子的女人》《埃及的海伦娜》等。

茨威格、里尔克尊他为时代的首领，他是那个时代最精美也最纤弱的文化符号，象征着逝去的“昨日的世界”，是哈布斯堡王朝分崩离析前最后一缕瑰丽的余晖。

风景中的少年：霍夫曼斯塔尔诗文选

［奥地利］胡戈·冯·霍夫曼斯塔尔 著
李双志 译

译林出版社

俄耳甫斯队列

凌越

在古希腊神话里，有关俄耳甫斯不多的表述，构成了一个极为复杂的诗人形象。这个形象是后世诗人的隐喻，也可以说是某种意义上的谶语。首先，作为河神奥阿格罗斯和缪斯卡莉俄佩的儿子，俄耳甫斯自然是典范的诗人，他的歌声如此动听，以至于可以使树木弯枝，顽石移步，野兽俯首，波浪平息。奥维德在《变形记》中这样描述俄耳甫斯：

就是说歌手牵来了这样一个小树林，他坐在
中间，被野兽和荒地围绕着，被一群群鸟儿。[1]

1 里尔克，《致俄耳甫斯的十四行诗》，林克译。重庆：重庆大学出版社，2015 年，第 129 页。

这是诗歌特有的蛊惑力的形象化处理，诗人依靠自身的凡人之躯，利用自己的歌声（词语）却掌握了神奇的力量，在接通词语感应器的某个瞬间，诗人仿佛就是神祇的化身，他是一瞬间的通灵者，他是电光石火间那张智者的面容。

为了凸显俄耳甫斯所掌握的神奇伟力，一种悲剧性的力量一直与其如影随形。在那幅万兽温顺地聆听俄耳甫斯歌唱的宁静画面之后，是其妻欧律狄克被蛇咬伤致死。为了挽回妻子的生命，俄耳甫斯下到地府，以自己的歌声驯服了守护冥界出口的恶狗刻耳柏洛斯，使复仇女神流出眼泪，使冥界王后珀耳塞福涅深受感动。于是，他们准许俄耳甫斯把妻子带回人间，但前提是在走出冥界前，他不能回头看他的妻子，也不能和她说话。

如果故事到此为止，那是诗人和词语完胜死亡和宿命的画面，但那无疑是一种轻佻的胜利，它来得太过轻易而让人生出疑窦。的确，上天不会轻易放过诗人，所有人凭直觉就可以猜测到坎坷的命运还等在后面，警觉的鹰犬埋伏在人生的每一条岔道里伺机而动。

因为长久的寂静所形成的压迫感，因为歌声被封锁在语言的棺椁里，俄耳甫斯终于回过头来，立刻置自己最心爱的人于万劫不复的境地。这是他放弃语言带来的最深重的惩罚，可悖论是，这恰恰也是他必须遵守的契约。在此，诗人的形象越发清晰了，他勇猛睿智，手握语言的利器，似乎无往而不利，但语言本身的复杂，它强大的后坐力往往将诗人置于极为被动的境地。在更长远的视角里，在时间魔术师众多的玩偶里，诗人不得不是那个面对惨景的哀泣者——为死亡，为命运的无常，而之前他所拥有的美妙歌声竟然只是为了镂刻出此刻的悲戚。

悲剧仍在继续，俄耳甫斯因为拒绝参加狂欢秘祭激怒了酒神狂女迈那德斯，而被那些女祭司撕成碎片，但即便如此，俄耳甫斯死后，他被砍掉的头颅仍然在歌唱，而他的古琴也在继续鸣响——也许这浸染着血腥、死亡、悲愤、勇气和骄傲的声音，正是后世一代又一代诗人飞蛾扑火般投入词语队列里的原因吧。以无惧死亡的勇气，去获取平息万物躁动的美妙乐音，这是所有诗人共同的愿景；从这里，他们有望获得俄耳甫斯以死亡练就的语言炼金术，并借由语言而获得永生。

我们将这套酝酿多年的外国诗歌译丛，谨慎地命名为“俄耳甫斯诗译丛”，正是因为俄耳甫斯这个经典诗人形象所蕴含的复杂况味，这个集技艺、勇气、痛苦和不屈于一身的诗人，恰恰是我们这个译丛渴望获得的品质，我们为此精挑细选出霍夫曼斯塔尔、布莱希特、勒内·夏尔、翁加雷蒂、安德拉德这几位杰出的西方诗人，构成“俄耳甫斯诗译丛”第一辑的阵容，我想珀耳塞福涅也会为此再次动容吧，而欧律狄克的苏醒则是所有后来的书写活动所指向的唯一目标。

这个以俄耳甫斯为首的队列，将同时照亮天堂和地府，将使“廊柱震颤不已”[1]，而你所能做的“就是为它们创造聆听之神庙”[2]。让我们像动物那样俯下身来，去倾听那闪光的词语从诗人嘴里所发出的声音。

---

1 里尔克，《致俄耳甫斯的十四行诗》，林克译。重庆：重庆大学出版社，2015 年，第 6 页。

2 同上。

目 录

纪念霍夫曼斯塔尔（托马斯·曼） *i*

诗

春尚早 3
有此一生 6
世之隐秘 8
三行体 10
外部生活之谣曲 14
强大魔力之梦 16
有的人自然…… 20
两人 22
生命之歌 24
你的面容…… 27
沉夜不祥 29
寄语 32
对话 34

旅歌 38
短歌三则 39
幸福之屋 42
天将晓 44
风景中的少年 47
交游之群 49
一个男孩 52
写给一幼童的诗行 54
少年与蜘蛛 56
中国皇帝说 60
祖母与孙儿 63
船上厨子，一位囚徒在唱： 67
年迈男子对夏日的渴慕 69
世界是什么？ 73
有问 75
为我…… 77

你可看到那城市? 79
思想幽灵 80
繁花满树 85
一个亡灵的阴影…… 87
致一位匆匆而过者 90
我的花园 91
花园女工的一双女儿 92
云 94
晨昏朦胧雨 96
梅露西娜 98
当那夏日早晨清冽地…… 101
生命，梦幻与死亡…… 103
我熄了那灯…… 105
孩子的祈祷 107
从船上走下 108
世界与我 110

因为我知道…… 112
“作品”是死的岩石…… 113
在我走近，在我落脚之处…… 114
春日里的黄昏 116
南方的月夜 117
箴言诗 119

诗剧

昨日 125
第一场 129
第二场 142
第三场 147
第四场 152
第五场 156
第六场 162
第七场 165

第八场 171
第九场 176
第十场 180
提香之死 189
愚人与死神 221
白扇记 273

散文

谈诗 325

纪念霍夫曼斯塔尔[1]

托马斯·曼

二十多年前，我第一次赴罗道恩[2]拜访他，在他住宅中那间近似于舞台，可让人看到屋外花园的美丽的巴洛克式客厅里——他正是在这里写就了《伊蕾克特拉》[3]——第一次感受到了他谈话的魅力。我原本就深受维也纳的氛围吸引，那气氛更古老、更柔和、更优雅，一直激发着

1　1929年7月15日，霍夫曼斯塔尔与世长辞，托马斯·曼接到霍氏家人的电报，十分悲恸，隔了一段时间写下了这篇纪念文章。译文出处为：Thomas Mann: „Gedenkblatt für Hofmannsthal“，见：Thomas Mann: *Essays, Bd. 3. Ein Appell an die Vernunft. 1926—1933*. Hrsg. von Hermann Kurzke und Stephan Stachorski. Fischer Frankfurt a. M. 1994，S. 156—160。

2　罗道恩：维也纳郊区，霍夫曼斯塔尔1901年结婚后即迁至此处安居直至去世。

3　《伊蕾克特拉》：1903年写成，取材于索福克勒斯的悲剧，后和理查德·施特劳斯一同改编为歌剧，也是霍氏最出名的悲剧，开现代心理剧之先声。

我这个定居在乡村味十足的慕尼黑的北德人的兴趣；当时尤其让我着迷的是，这一文化如此浓聚于它所拥有的这位诗人身上。我与他共度了一整天，我跟在他身旁走过了他的风景，他在他的书房里为我朗读喜剧草稿，那房中有让我惊叹的一尊表现情爱的古风雕塑，充满灵慧。这便是我们首次相遇。我的家人向我证实过我当时的陶醉。自此以后，来往信件和几乎每年必有的相聚，在慕尼黑、萨尔茨堡或维也纳，我们维持着彼此间的精神联系与现实交往，这样的联系如今要化为永恒了。我当时便已深知这些联系的价值并予以珍惜吗？就像他在生命还囿于肉体之缚，还不曾解脱之时便已予以珍惜那样？物质扭曲了我们对永恒者的观看，这足以让人悲伤，也足以令人惊异。我们的想象力还嫌不足，或者它并不愿意致力于此：让我们在死亡投下的光中见识凡尘中人。因为只有这样的光才会让我们认清他的价值。我原先并不知道，霍夫曼斯塔尔的离去会让我痛心，我原先也并不十分清楚，将我们牵系到一起，并在这几十年中让我们始终相携的是什么。“友情”这个词，今天当是它获得认可的时刻了。然而，尽管我们两人在出身家世、所承传统和生活格调上有种种不同，在死亡让我明视之际，我还是要道出这真相的名字，我要说这是兄弟情谊，是命运铸就的亲缘关系。倘若我们两人当时都能少些“乖僻难处”[1]该多好啊！

他爱死亡这一理念，将其与美和优雅的理念放在一起爱——这多半就是奥地利的特性吧。死亡出现在他所有的作品中，包括那些欢快的作品。当他还是少年，还是灵慧王子般的男孩时，他就将死亡称作“一位伟大的灵魂之神”。他的散文、他的对话、他的诗歌中每一个韵律悠扬而优美动人的措辞都浸透了死亡之美。是的，死亡是美和韵律，只要当青春还与他相伴，生命活力还在他身上。若它们从他身上脱离，他最终就会孤立于自己的真实中，这时他便充满恐惧，成为无语的堕落，成为苦涩的深渊。

不，这不是他最后的真实。在下一刻，他便是美化，是对尘世之物的清涤，是重建。

“成就永恒之人”，这次离别让我们理解了这一说

1　影射霍氏晚期著名戏剧《乖僻难处之人》。

法，前所未有地领会了它。我读到，当临死之际，他躺在自己书房的床榻上，面容看上去安详并变得年轻。我为什么会为这一细节受到如此深的震撼，这“变得年轻”？在他最后的岁月里，人们听他说过：“我在写完《冒险家与女歌手》[1]之后就该死去。那样我就会有圆满的一生。”他说这话，是从同代人嘴中取来了他自认为已看出端倪的评价。他不可能真的如此认为，他不可能否定他的一生，因为他是真正生活过的。谁能违逆自己的心意，赞同这番话？谁胆敢妄想，那位少年不曾变为男士，不曾年岁渐长；那不就意味着充满魔术般机智的散文与谈话，充满机智魔力的喜剧与歌剧，整个修养与美的世界都不复存在？的确，假若他在写过了诗歌和最初的诗剧之后便死去，他确实就会成为一尊神；无止境的渴慕和希望会尾随他，会将他这幅拥有永恒魅力的少年图像放置在群星之下。

可他留在了我们身边，生活，抗争，老去，并时不时地触碰至高之物，从他微妙头脑的精美宝藏中铸造出

1 《冒险家与女歌手》：霍氏写于 1899 年的戏剧，他当时 25 岁。

留传给我们的财富。现在他死去了，正如人们的传闻，死亡让这年老的面容变得年轻，这让我们再次认出他是真相的主宰，是解救者。成就永恒——去除老态。再次变作少年身后，在永恒的优美中，胡戈·冯·霍夫曼斯塔尔走入了不朽者的国度。

诗[1]

1　以下十七首诗由霍夫曼斯塔尔本人在 1924 年选入自己的作品集中，译者现按照时间顺序依次译出。

春尚早

春风轻拂
穿过空寂无叶的林道，
它的拂动
含着一些事物异常奇妙。

它低回之处
曾有过黯然哭泣，
它曾掩入过
揉得凌乱的发里。

它摇落过
金合欢盛开的花群
它沁凉过

呼吸着的灼热躯体。

欢笑着的嘴唇
它也曾轻轻触及，
柔滑的廊道不眠，
它从中穿梭而去。

它滑过了那管笛
仿佛一声幽泣
熹微的绯红霞光
它倏然掠离。

它默然飞过
絮絮私语着的屋室
它俯首之时
悬挂灯的微光尽熄。

春风轻拂
穿过空寂无叶的林道，

它的拂动
含着一些事物异常奇妙。

它拂过的林道
光滑而空寂
它催驰着
苍白的影子。

还有它携带的香，
从它所来之地
从昨夜起
开始拂临。

有此一生

薄暮时刻的山谷盈满
银灰色的芬芳，仿佛云丛
筛下的月色。夜却未深。
伴着这沉暗山谷银灰色的芬芳
我暮色般的思绪渐趋朦胧，
静默中我沉入那纵横交织的
透明之海，离开了生活。
那里曾有多么美妙的花朵
于花萼上幽然而炽烈！透过草木之丛，
有绛黄色的光，仿佛自明玉而来
以阵阵暖流奔涌闪动。这一切
渐渐盈满波澜深垂的
忧郁音乐。而这我当时已知晓，

虽然我至今不曾解悟，可是我已知晓：
这就是死亡。它化作了音乐，
带着狂烈的欲求，甜蜜，幽然而炽烈，
近似于最深沉的忧郁。
可是多么奇异！
有一种无名的乡愁怀想着那生活
在我的灵魂中无声地哭泣，它哭泣
好似某个人黯然泪下，在他
黄昏时分乘着有黄色巨帆的庞大海船
于幽蓝的水上驶过了那座城市的时刻，
那是他的父亲城。这时他看到了
条条小巷，听到了淙淙井泉，嗅到了
簇簇丁香的芬芳，看到了他自己，
那个立在岸边的孩子，有着孩子的眼睛
怯然欲哭的眼睛，他从那敞开的窗子
看到了他自己房间里的亮光——
可是那庞大的海船却载他
于幽蓝的水上无声地滑向了远方
船上有形状陌生的黄色巨帆。

世之隐秘

这深深的井知晓它，
曾经所有人都静默而深邃，
而所有人都曾将它领会。

而如今它被口舌相传
如同魔咒之语，徒有哑哑重述
而没有丝毫被人领悟。

这深深的井知晓它，
曾有男人俯身其上，获知了它的含义，
他获知然后又将它失去。

然后妄说讹语，唱起一支歌曲——

这井的幽暗镜面曾有孩子
俯身相望而为之神迷。

然后长大，而对自己一无所知
然后长成女子，为人所爱的女子
而——爱的给予是如此神奇！

如此神奇，爱将深深的讯息给予！——
爱她的人隐约有了感悟
于他们的亲吻中更深地贴近了万物……

它就在我们的话语中，
那乞丐的脚踩踏着的砾石，
正有一枚珍宝在其中隐匿。

这深深的井知晓它，
它曾经所有人都懂，
现在只余一梦环绕它跃动。

三行体

一

关于消逝

我还可以在我的脸颊上感觉到她的呼吸：
怎么可能，那些切近的时光
竟成遥远，永不可及，消失了踪迹？

这是无人能彻底解悟的一件事，
它太过可怕，远甚于人们的那些哀怨：
一切都会滑落，匆匆奔逝。

而我之自我，无从阻留，
从一个幼童脱出滑落至此

让我感觉正如只狗，沉默且陌生，令人悚惧

以及：百年之前我已在
而我的先辈，身着死亡之衣，
与我相似，犹如我自己的头发，

如此与我成为一体如我自己的头发。

二

那些时辰！当我们朝那海水
的淡蓝凝望，理解了死亡，
如此轻松而庄重，毫无恐惧之感，

如同面容格外苍白的小女孩
有着大大的眼睛，总是觉着体寒
在一个傍晚默然端视前方

她们知道，生命现在正静静

从她们沉酣的身体流向
树木青草，她们带着浅淡的微笑将自己装扮

如同一个圣女，献洒自己的鲜血。

三

我们是由造梦的材料造成，
梦如此睁开双眼
好似樱桃树下幼小的孩子，

那树冠间满月正凌然启步
开始穿行庞然之夜的淡金色旅程。
……我们的梦也如此浮现，

如此存在，生动盎然如一欢笑的孩子，
它们飞升它们飘落，气势不凡，
毫不逊色于从树冠间苏醒的满月。

内心最深处敞开以待它们编织；
好似幽灵之手栖居于锁闭的屋室
它们栖居于我们而始终拥有生命。

于是三者合一：一人，一物，一梦。

外部生活之谣曲

而孩子们成长，双眼深邃，
他们一无所知，成长然后死去。
而所有人走各自的路。

而甜果由涩果育化成
而后于深夜坠落一如死去的鸟
而后横陈些许时日随后腐烂。

而风时时在吹拂，而我们一次次
听闻着，说出许多话语
而又感觉着躯体的欢欲与倦意。

而街道在草中穿行，而地点

在此在彼，载满火把、树木、水塘，
其势逼临，而又凋萎将死……

为何将这些建起？而彼此
迥然相异？而又如此繁多，难计其数？
什么在转换欢笑、哭泣与苍白的面容？

这一切以及这游戏于我们又有何益？
我们这些俨然不凡而又永远孤独者
漫游逡巡而不问目标所在的人？

纵然洞察这许多，又有何益？
而那说“黄昏”的却已道明了许多，
从这一个词中流淌出了哀伤与深意
正如中空的蜂房里流淌出沉重的蜂蜜。

强大魔力之梦

有王者的矜贵，远胜于一束珍珠之链
有勇者的凛然，犹如晨芬中的年轻之海
这便是一场宏伟的梦——让我有如斯体验。

从敞开的玻璃门中有风吹过。
我睡在平旷之原的凉亭中，
而从四扇敞开的门中有风吹过——

而之前已有众马披鞍
越门而去，还有成群的狗结伴
驰掠过我的床前。然而那魔术师的

面容——那至先者，那强大者——却

倏然降临于我与一面墙之间：
他的颔首傲岸，他的头发有王者之相。

而他的身后不复有墙：尽现出
一片壮阔宏丽，悬崖临谷，深海暗沉
牧原青葱，都在他手后生成。

他俯身，将那深渊引来。
他俯身，他的手指伸入
地面之下，仿佛地面是水。

从那细流的泉水中却有
硕大乳石凝成于他手上
随后又盘旋落下，铮然作响。

随后他轻甩腰肢，跃身而起——
仿佛仅是凭了骄傲，朝下一处礁石而去；
在他身上我看到重力的威效尽失。

在他双眼之中却是宝石所含的
沉睡——而富于生机的宁静。
他坐下，说出这样的一个你

向着那些时日，我们似乎已永失的时日，
于是它们归来，满怀着哀伤，气势宏大；
魔术师为此而乐，且欢笑且哭泣。

他梦幻般感觉着所有人类的命运，
正如他感觉着自己的肢体。
对于他，无一物近无一物远，无一物大无一物小

而其下那大地已凉却如许，
那深渊的黑暗向上逼临如许，
那夜将树冠上的温润气息拨弄如许，

他享受着一切生命的宏大之行
如此欢畅——便带着庞然酣醉
如一头雄狮般，越过礁石。

* * * * *

天使与至尊的主是我们的灵——
他并不栖居于我们，在上空群星中
他放下了座椅，而任我们如弃儿孤苦伶仃。

然而他是我们最深的内核里的火
——我有如此预感，当我将此梦寻获——
并且与那远方的火群叙说

而活在我之中，一如我活在我手中。

有的人自然……

有的人自然注定死于下层，
那里沉重的船桨飞速翻动，
其他人在上居于船舵之侧，
熟知飞鸟的行迹和星辰的国度。

有的人总是以沉重之躯
卧于杂乱生活的根部，
其他人已有椅子为其备好
旁边是女先知，众女王，
他们安然就座如在家中
头脑轻松，双手轻松。

然而前一种生命会有阴影落下

坠向另一些生命，
而轻松者与沉重者紧密相连
如同空气与土地：

完全被遗忘的族系的疲惫
我无法从我的眼皮上消除，
同样无法让受着惊惧的灵魂
避开远方星辰的无声坠落。

许多命运在我的命运边上交织，
一切都听由存在穿引游戏，
而我的那份不只是这生命的
纤弱火苗或者修长的弦琴。

两人

她手中握着酒杯
——她的下颌与嘴恰如杯之沿——
她步履如此轻盈而安定
杯中不曾有一滴飞溅。

他的手如此轻盈而坚定：
他正骑着一匹年少马驹，
脸上带着淡然神色
他令它颤颤然伫立。

可是呵，当他要从她手中
取来那轻轻的杯，
却太过难为了这两位：

只因两人都战栗如许，

没有一只手可寻得另一只

暗色的酒便顺地面滚涌散去。

生命之歌

那取自死去老妇
手上的圣油
任继承者尽情挥霍
于山雕、绵羊和孔雀！
那已死者，那滑落而去者，
那远处的树梢——
对于他，他们的价值
如同女舞者的步履！

他坦然而行仿佛没有监守
在他身后将他胁迫。
他微笑，当生命的
褶皱低声说着：死亡！

每一处居所都让他
神秘地临近边界之槛；
这漂泊无家者将自己
交付每一阵波澜。

野蜂之群将他的
灵魂挟去；
海豚的歌唱轻快
他的步履：
所有的土地载他
以强威的面容。
河流转入昏暗
是牧者之日的界限！

取自死去老妇
手上的圣油
且让他微笑着挥霍
于山雕、绵羊和孔雀：
他向着同伴微笑。——

于飘浮中失去重量的

悬崖与生命的

花园将他承载。

你的面容……

你的面容满载了梦。
我静默并在无声的颤抖中看你。
此情如何升起的呵！我曾经
在早年深夜将全部身心

付与明月和钟爱至甚的山谷，
那里空旷的斜坡上四散着
瘦削的树木而其中穿行着
小团小团低垂的云雾

透过静谧传来永远清新
也永远陌生的银白色河水
放出的潺潺之音——此情如何升起的呵！

它如何升起！那种种物类
和它们的美——无所孕育的美——
曾让我满心渴慕，纵身相与，
正如现在一心只看你的头发
和你眼皮眼睑间灿然的光华！

沉夜不祥[1]

高耸的树间有雾在游戏，
而美丽群星中有三颗烁然靠近：
许雅馨特[2]花倚着黑暗大地
记起了，此处将会出现
昔日便已常常出现之事：
赫尔墨斯和狄奥斯库里双子[3]
光芒熠熠而胆大狂妄地扭转
御风的美惠女神空中的行迹

1 原文为拉丁语：Nox Portentis Gravida。

2 许雅馨特（Hyacinthus）：即风信子，在希腊神话中他是斯巴达城邦的王子，俊美非凡，同时受太阳神阿波罗和西风神仄费罗斯爱慕。后者出于忌妒，让阿波罗误伤许雅馨特致其死亡，死后化为风信子花。由于有此传说，对其采用音译以暗示其神话色彩。

3 双子：即双子星座，是希腊神话中的一对孪生兄弟卡斯托尔和波吕克斯，后者是宙斯之子，两人密不可分。

带着狩猎的残忍，嬉闹着
将她们吓离了树冠，还推近了
河中波涛，一直闹到破晓。

诗人自有路在别处，
并用美杜莎的眼去看
看见四周田地空芜
顷刻为之陶醉而不知何以如此，
他将此地归入其他处所，
他的灵魂在其中恍如变作孩童，
有了一种渺然不知期限的生存
在雕的高空和已亡绝的寂静中。
在那里他为灵魂抛撒尘世之物的
形影和外相以及宝石。

可天空的第三部分让
有死亡黑色的云占去，
黑色侵凌那持一支蜡烛
穿过深夜寻路之人的灵魂：

云在下一个清晨驰行而去
挟带上千风暴的雷鸣
和蓝光，强烈如近处恒星
此时灼热石块悚然坠落，
以侵袭那座岛，此处的
惊颤让最奇妙的极乐绽放
只因对已死的哭泣有莫大的恐惧
为此要付出代价：在迷乱的花园，
那从未见过自己的，要为生命找到自己
当酣醉而濒死之时不得渴求救赎；
神从天空与大地的纽带中跃出
失亲的孩童如先知般火热炽燃，
一切灵魂如群星般花开绚烂。

寄语

我已细想过，只有那些日子
才可称作最美的时日，当我们闲聊着
将我们眼前的风景转变成一个
灵魂的王国：沿小山而下
我们朝着荫翳走入丛林中，
丛林环抱我们一如昔日的经历，
我们在决然独立的草地上静静
寻得前所未知者的生命之梦，
寻得它们行走与饮水的痕迹
和池塘上滑移而过的一次对话，
它映出比天空更深的弯度：
我细想过这样一些日子，
随后是如此三样：健康，

为自己的身体与生命而欢心，
并欢喜于思想，年轻的雕的翅膀，
唯有一样有益：与友人共处。
我因而想让你来，与我饮酒
饮自那些酒杯，我继承的遗产，
它们饰有枝叶与欢腾的孩童，
想你与我坐在花园塔楼中：
两位少年看守塔楼之门，
他们脑中正有一庞然的命运
带着蒙眬的眼神半侧着身
如石像般看向你，你沉默
看我的风景铺展向远方：
之后也许你的一句诗会为我
在孑然独处的未来美化这风景
这里那里会有对你的回忆
巢居在阴影里，当天色迷蒙时
大街在黑暗树冠间绵延
无影的条条道路在高空中
翻滚而去如一遥远的金色雷霆。

对话

年少男子

您如今正像那遭驱逐的公爵，
掌握巫术并拥有一个女儿：
他存在于剧本中，名叫普洛斯佩罗[1]。
因为您足够强大，在这座城
和您的孩子如此自由地过活，
仿佛置身于一座荒岛。
您拥有魔袍和许多书，
还有用以差遣用以娱乐的幽灵，

1 普洛斯佩罗：莎士比亚的剧作《暴风雨》中的主人公，是米兰公爵，与女儿米兰达流落荒岛，他会用魔法驱使岛上精灵，尤其是风精灵艾丽尔。

围绕着您和女儿，不是吗？
它们随您召唤而来，它们烟消云散，
当您皱起眉头。那孩子
早早学会我们较晚才学会理解之事：
一切有生命者是由梦那般
的材料造成也完全像梦那般消散。
她如此成长而无所畏惧：
她与兽类和亡故者交谈
像与她的同类一样亲切，她如花绽放
却比紧紧锁闭的苞蕾还要羞怯，
因为她在这空空的空气中也感到
有物如眼将她注视。
她渐渐长高而您教导她：
“要爱这生活，却不可太多
只为它本身而爱它，若要持久，
便只为它之中含着的善而爱它。”
在这一番话中她不觉得有相悖处，
因为正如她钟情彩色的贝壳或飞鸟
她也珍爱美德。直到某天

您将她嫁给了一个男子，是您完全
看透之人，接受过您那
不高贵者无以承受的考验，就仿佛他
在沉船后被抛到了这岛上，
您主宰的岛上，完全落入您手中
如海滩上的珍宝。

年长男子

如今，我想，我获赠了一种节制，
一种不变而稳定的节制，
让我确信无疑，永远避免
将一空洞之物看作饱满，免于
挥霍自我在乏味之物中，免于
让陌生的感受和袭用的思想
在我的任一血管中占有一席之地。
如今虽然疾病、苦难或死亡
还会威胁我，但谎言已难得逞。
对此我的新职位上已有太满的

单纯尊贵。以此来衡量
捏造出的重要便化作虚无消散。
上了锁的是最后那些门，
我曾得以穿越它们却迈上
一条差路。彻彻底底的错乱，
内核受污染，大惑于财物
这我都不会再有。因为我曾由
生活真义的一束光照亮。

旅歌

大水泻浪，欲席卷我们而去，
礁石翻滚，欲戕砸我们致死，
此时有飞势凌厉的鸟
逼临，将挟我们离去。
然而在那低处有一国度，
累累果实无穷无尽
映照于岁月无痕的湖。

大理石的额头与水井的沿
耸立出繁花盛开的园，
并有轻风徐来。

短歌三则

一

你没有仔细听
音乐在屋子周围轻轻起落?
深夜沉沉暗淡无光,
可有人正温柔地卧在
坚硬的石上演奏,那是我。

我能做的,我都说出口:
“最亲爱的你,我的所有!”
东方射出了一束光,
沉沉白日驱我回家,
我于是闭嘴不再说话。

二

在绿野上歌唱

天空曾经灰暗又沉重，
我们曾经那么孤寂，
从彼此身上分割相离！
可如今不再与往日相同：
有风阵阵来回流动；
整个世界在正中
闪亮，仿佛它是玻璃质地。

群星升上来，
微光在你我脸颊上闪耀
它们也都知道：
它们的光华正愈加壮丽；
我们怀着欲望呼吸，
带着极乐躺下如被捕获，
感受着对方的气息。

三

最亲爱的女子说："我不会守住你，
你不曾为我立任何誓言。
不该守住这样的人，
他们不是为了忠诚出生。

继续走你的大道，我的朋友，
去看千山万水一重又一重，
在许多床上安然休整，
将许多女人牵到手中。

如果葡萄酒你嫌太酸，
那就喝玛尔维萨[1]，
如果你觉得我的唇更甜，
那就回到我身边！"

---

1 玛尔维萨（Malvasia）：在伊比利亚半岛和意大利，被广泛用来指多种葡萄品种，在德奥地区多指一种味道醇厚的白葡萄酒。

幸福之屋

在一座敞开的阳台上一位老者
拉着管风琴朝天空高歌，
此时在他脚下，在一方空台上
瘦长的孙儿与蓄须的孙儿击剑，
引得夹竹桃那纯洁的茎秆
自下往上一阵战栗；唯有一只鸟
静静立在叶丛深处繁花流彩中
不曾逃离，眼神机敏地往下俯瞰。
在用心凿就的水井边沿却是
少妇为自己的孩子送上丰乳。

只是那漫游之人，他走过的路
沿平台拐过了屋外墙边，

他回头投去异乡人的一瞥
自身却恰似那一片暮云
从静谧的流水与树林上空飘过
将这安宁的美妙画面随身载走。

天将晓

此刻在昏暗的天际低垂震颤着
内部翻腾沉压的雷暴。
此刻那病者想道："天将晓！此时我要睡去！"
于是紧闭上灼热的眼皮。此刻在牛棚里
小母牛张大着有力的鼻孔去嗅
清凉的晨香。此刻在静默的森林里
那流浪者未经梳洗，从
长年的落叶铺就的软床上起身。
无赖的手顺势将身边一块石子掷向
一只鸽子，使它带着酣梦飞去，
而自己却感到了惊恐，当那石子如此闷声
而沉重地落到了地上。此刻水流匆匆
仿佛情愿离了这夜，离了这夜悄然流去

也坠入那黑暗中，毫不动容，狂放不羁
向着冰冷的迷雾而去。此时在那上方
救世主与母亲轻声地，轻声地
在小桥上互诉心语：轻声地，
可他们轻微的话语却是永恒
永不毁灭如天上繁星。
他负着他的十字架，只说了句："我的母亲！"
而她注视着，"啊，我亲爱的儿子！"
她说。——此刻天空与大地正进行
一次沉默而抑郁的对话。随后有
一阵震颤穿过那厚重、古老的躯体：
她整装齐备，以生活在这新的一天。
此刻精灵一般的晨光正升起。此刻
一人从女人的床边悄然离开，没穿鞋子，
像影子一般逃逸，像窃贼一般爬过
窗子进了自己的房间，看见
墙上镜中的自己，心头突然涌上恐惧，
面对着这个脸色苍白，通宵未眠的陌生人
仿佛这一个人在昨夜亲手

将那个曾经的好男孩谋杀
而后现在来到这里，清洗自己的双手
在他受害者的小罐中，满怀嘲讽。
而四周那天空如此沉郁
而空气中一切如此奇异。
此刻牛棚的门开了。而此刻天也破晓。

风景中的少年

园工清空了他们的苗圃，
许多乞丐散在四处
眼前蒙黑，手撑拐杖——
可也手持竖琴和新开的花，
有柔弱的春花浓烈的香。

赤裸的树让万物尽览：
往下看得到河流，看得到集市，
和许多在池塘旁游戏的孩童。
他缓缓穿过这一片风景
感到了风景的强力并知道——
世界诸多命运与他相系。

他走向那些陌生的孩童
准备着越过未知的门槛
以仆役的姿态引入一个新的生命。
他不曾动过心念，不会看重
他灵魂的财富，往昔的路与回忆
交缠的手指和交换过的灵魂
那不过是份不足道的财物。

花香只向他讲述
陌生的美——而新的空气
他静静呼吸纳入，却无渴望：
他可为人效力，唯此让他欢欣。

交游之群

女歌手

我们正年轻，并未老去，
歌儿便有许多法力，
可带来轻松，可造就沉重，
吸引你的灵魂来相逢。

异乡客

生活远远近近都有，
你们乐意看的，我来露一手——
不是许多尘泥沉甸甸，
只有嬉嬉闹闹一张脸。

年轻绅士

让我欢心的事物，其中不少
我感觉都飞到这里热闹，
但又这么缥缈像幽灵：
我幸福得呵——如同受骗未醒！

诗人

一片明亮的反光
我眼见它绕着圈子徜徉：
若每人仅仅感觉自己而已，
其他所有人便只映照自己。

画家

而在轻巧的灯盏之间
在脸与脸之间翩翩
飞来飞去那微弱的笑容。

异乡客

歌儿带来轻松，也造就沉重！

诗人

歌儿有着巨大的力量——
生活在近处也在远方。

年轻绅士

他们说的，我都爱听，
哪怕总是缥缈像幽灵。

一个男孩

一

很久他都不将贝壳认作美的，
他出身的世界太过与它们相伴，
许雅馨特的香对他毫无意义
无意义的是映照他自己神情的镜像。

可他所有的时日都那么
敞开如一弦琴状的河谷，
他在其中兼做着白色生活的
君主与奴仆而不可只选其一。

如同一个依旧做着非分之事，

却已不会做太久的人，他踏上那些路：
朝着返乡之旅和无尽的对话
他的灵魂将自己静静举起。

二

在他为了自己的命运受到羁束前
他喝许多洪流之水，苦涩而沉重的水。
然后他以奇特的姿势起身
立于河岸边，出奇的轻盈而虚空。

朝他脚边滚去了贝壳，
许雅馨特他戴在发间，
它们的美他已得知，以及：
这便是美丽生活的慰藉。

可他不安的微笑很快
又让它们坠落，因为往这
美丽监牢看去的郑重目光让他
看到了自己无从领会的命运。

写给一幼童的诗行

你长出了粉红色的脚，
是为了将太阳国度寻找：
太阳国度正敞开！
那儿沉默的树冠上曾
久久悬挂千年的空气，
取之不竭的诸多海洋
一直还在，一直还在。
在永恒森林的边沿
你想从木质的碗里
取出牛奶与铃蟾分享？
那将是愉快的餐饮时刻，
几乎所有星星都会落下！
在永恒海洋的边沿

你很快找到一个玩伴：
友好又善良的海豚。
它会为你跃向干燥岸边，
如果它偶尔缺席，
那永恒之风就会迅速
平息你涌出的泪水。
在太阳国度里
那古老的崇高时代
一直都在，一直还在！
太阳用它神秘的法力
给你造出粉红色的脚
好踏上它的永恒国度。

少年与蜘蛛

少年：

（醉意渐浓地自语）

她爱我！我便已拥有了全世界
这超过了一切语言，一切梦：
我只觉得，从每一个暗色的尖顶
都有静静的云群拽去灯光低迷
的屋室，任巨大的梦持握：
我也让它载去——我不要错过！——
去美丽的生命，海洋与大地那儿做客。
不！就如一个清晨的梦从发鬓落下
落入现实，变得苍白，
现在我才豁然洞明了真相：
我不是异乡来客在四处游荡，我已由

命运的机缘施展魔力造成了
主宰：此处有年幼男童
向我学庄重与嬉戏，
我见到其中一些有了我的神情
我感到神秘的冲动，要看
他们收获成果；在岸边，在山间
我于奇迹般辽远的一个梦境中
感到自己最深的内在解除了枷锁
在我目睹了他们的作为之际。
我往天空仰视，那边是
云之国的投影，它于飘浮中为我
映照我所求，我所予，我自己，整体！
我被如此一个莫大的生命
环抱，我在这美丽星辰
的莫大光辉中拥有了
如此亲近的沉醉——
我这醉客正要抓取怎样的未来？
可它已飘来，我已可触碰：
因为那早已成就的，已向着

群星升起，而另一些，另一些河流
引领尚未形成者往上，大地
让它穿过不可见的门升起
受乞求的面容所迫！

他便这么走到了敞开的窗前，窗中盈满明亮的月光，野葡萄叶儿的影子做了窗的外框。此时，在他眼底，从一片叶子的暗影中快步钻出了一只大蜘蛛，夹着一只小虫的躯体。在夜的静谧中起了一声极其轻微却悲恸的声响，他仿佛可以听到那猛烈夹击的肢干如何行凶。

少年：

（不禁后退几步）
怎样一种恐惧出现在此地，怎样一种苦难。
我的血液忍不住澎湃，当我在此处见到你，
你这丑陋的暴力，你这兽类，你这死亡！
宏大之梦那奇迹般的临近
黯然消散，正如不知何处的瀑布

遥远的奔涌，我方才听到
那簌簌水声，似乎放肆而高涨
现在渐低渐弱，高处的远方转为
空荡而荒落，不复让人满怀期待：
世界归它自己所有，哦，我已领会！
我阻止不了那可恶的形影，
也无法中止美丽星辰的行程。
在我眼前暴力兀自逞凶，
它行凶而让我内心深处苦痛，
它在我的每一丝每一毫上停驻，
我不能——我不愿将它挣脱：
仿佛那是返乡的归路，
让我带着全副身心往前奔突
陷入迷惘，我已经对
巨大至不可理喻的享受
有了预感：我将如愿以偿：
经受痛苦，添加痛苦。
如今我战栗，感到有物将我环绕，
它如塔高耸，直达高处的群星，
它的名字我现在也已获知：生活。

中国皇帝说

在万物正中
居住着我，天之子。
我的妻妾，我的草木，
我的兽群，我的池苑，
圈在第一道墙内。
墙下躺有我的祖先：
与他们的武器一道收藏，
他们头上顶着王冠，
每一人都恰如其分，
居住在穹顶屋内。
直至下界尘世核心
都要回响我尊荣的足音。
静默无声地，从我草地长椅

我搁脚的绿色小凳
流出了分割均匀的河水
朝东，朝西，朝南，朝北
去灌溉我的花园，
那广阔的大地。
河中映出了我的兽群
那暗色的眼和五彩的跃姿，
映出宫外彩色的城市，
黑暗的墙，浓密的森林
和众多族裔的脸。
我的贵族，宛如群星，
围绕我居住，他们有
我赐予他们的名字，
那是按每人走到我近旁
的时辰定下的名字，
有我赠予他们的妻子，
和他们成群的孩子；
为这大地上所有贵胄
我造出双眼，身躯和嘴唇，

如园艺工雕花一般。

可在外墙之间

住着我的战士族群，

我的农户族群。

新的墙出现并住下

那臣服的族类，

血液始终滞钝的族类，

直至海边，那是最后一道墙，

将我的国和我包围。

祖母与孙儿

“你的心思去了远方，你的脚
孤单单进到我家门中！”
你为何刚打招呼便看出分晓？
“孩子，因为我能感觉到。”

什么？“感到她失了甜美的宁静
只因受了你甜美的一惊”——
真奇特，和她一样
你也朝前颔首微倾。

“以前……”不，就是现在这一瞬间！
我为表象心悦神怡——
“孩子，你的目光和你的三言两语

现在将什么吹入我心间？

我的少女时光光彩熠熠
带着暗中浮动的气息
由我的灵魂全然开启！”
是啊，我也有所感知：

我在你身边，却又仿佛
置身于陌生星球上：
心智清醒却不住摇晃
她和你时而靠近时而在远方！

“当我委身于你的祖父
为了生命之故，
我都不曾这般惶惑而入
像踏入我的坟墓。”

坟墓？你为何要将它说起？
它和你还有远远距离！

你正坐在此处悠闲安逸
和你的孙儿闲聊度日，

你双眼清新而活泼，
你脸颊亮光闪烁——
“可那小路之上不是有什么
黑而快地飞过？”

是有什么，如梦一般
将我这热恋中人阻挡。
和这狭窄闷热的房间一样
怪异地将我围在中央！

“你可感到，现在是什么环绕
我和我凝滞的心，电光闪耀？
当你坐到那女孩儿身旁，
给她亲吻，与她调笑，

继续有这感觉，继续将我想念，

不过不要害怕慌张：

要想到，我在临死之前，

正是年轻的，年轻的女子容颜。”

船上厨子，一位囚徒在唱：

悲乎，与我的同族离散，
我在此已躺了多少周的时光；
唉，为那折磨我的人，
我还必须做这一餐又一餐。

美丽的鱼儿紫色的鳞，
他们活生生地带给我，
那碎了的眼还在往外看，
这温柔的动物我必须屠宰。

这安静的动物我必须杀掉，
美丽的水果，皮儿必须削掉，
为了他们，那鄙视我的人，

还必须挑选火热的配料。

正当我弯腰就着光
在甜而辣的香味中翻找，
心头升起了对自由
莫大的期盼！

悲乎，与我的同族离散，
我在此已躺了多少周的时光！
唉，为那折磨我的人，
我还必须做这一餐又一餐。

年迈男子对夏日的渴慕

若不是三月而是七月终于降临，

我将不受任何阻碍，从边沿冲决出来，
骑上马，登上车，或搭乘火车
我要外出远行，去那美丽的丘陵地带。

那里会有成群高大的树站在近处，
梧桐、榆树、枫树或橡树：
有多少时光呵，我一棵都不曾见过便已空度！

这时我会下马或者呼叫
车夫：停下！随后漫无目的地
朝前走，往夏日乡野的深处进发。

在那些树下我将尽情休憩；
在它们的树冠中白日黑夜
合而为一，与这屋里的情形迥异，

这里白日有时会像夜一般寂寥
而深夜又会像白日那样寡淡而焦躁。
在那儿一切都是生命，华美，光芒闪耀。

我将走出荫蔽，去夕阳余晖里
领取欣喜，有气息吹拂而去，
不会有任何低诉："这一切都是空虚。"

山谷渐暗，在坐落了房屋的地方
华灯初上，这黑暗涌到我身旁，
可夜风讲述的并不是死亡。

我越过了墓地，看到
只有花儿在最后一抹晚照中轻摇，
再无他物让我觉得是近交。

在已落入昏暗的榛子树丛中间
流水奔远，像孩子一样，我细听其言
没听到任何“这都是徒劳”的低声怨念！

于是我飞快脱去衣裳，纵身跳入
水中，当我随后抬头仰望，
明月当空，照我与溪流对抗。

我有半身浮出了冰冷的波涛，
将一枚光滑的卵石朝大地
远处抛，皎皎月光将我笼罩。

在月光照亮的夏日之乡有
一片阴影远远降临：是它吗，这么伤心
在这里垂首，在这墙边枕后伶仃？

这么悲伤而忧郁，它半蹲半立
在破晓时分，怨愤地凝视晨曦，
它知道，有什么等着将我俩擒去？

是它吗，在这三月里受恶风这般
折磨，在夜里都无法静卧，
在痉挛中黑色的手往胸口落？

啊，哪儿有七月和夏日之乡！

世界是什么?

世界是什么?一首永恒的诗,
从中有神性之光炽烈闪耀,
从中有智慧之酒溅沫香飘,
从中有爱情之声向我们倾告。

报出每个人转换不定的心情,
是一束光,从这白日里迸出,
是一句诗,与其他上千句交错穿行,
不知不觉中消淡,熄灭,凋零。

可也是独自一人享有的世界,
充满从未听闻的声响,神秘甜香,
赋有独特之美,纤尘未染,

没有别人的回音，不含别人的投影，

如果你懂得如何去读，

便是一本书，你此生也无法穷尽。

有问

你不曾发现，我的唇怎样地颤抖？
你读不出这些苍白的神色，
感觉不到我的微笑是痛苦和谎言，
当我探究的目光将你环绕不休？

你难道不是渴望一种生命的气息，
渴望一只热的臂膀载你离去
挣脱出空洞、乏味的日子，
这四周灯火惨淡惑人的泥沼？

是我在你眼中，这深邃的眼中读错了信息？
其中我看不到隐秘的渴望炽热闪亮？
没有通往你灵魂的小门藏于

你潮湿的目光？那里有心愿

沉睡，如黑暗的流水中恬静的玫瑰

却如同你的闲聊般，毫无灵魂，是空言呵，空言？

为我……

噶瑟尔[1]一则

用那久已习惯，日日相同之物
我的眼为我造出魔法的国度：
激流为我唱出轰鸣的歌曲，
为我，玫瑰燃成火焰，橡树簌簌低语。
在女子金发上嬉戏着日光
为我——月色凌波在寂寂水塘。
从静默的目光中我读出灵魂，
向我倾诉的额头苍白无声。
我对梦说："留下，成真！"

---

1 噶瑟尔（Ghasel）：源自阿拉伯半岛的一种古老诗体，原本是情诗，盛行于阿拉伯语区和印度半岛，在 19 世纪传入德语区，被众多诗人借用。

对现实我说：“成梦，消退！”
词语，别人只当作低价硬币，
对我是图像之源，丰足而光彩熠熠。
我所认出的，是我的财富，
而可爱迷人者，是我不及之物。
酣醉甜美，由灵智的佳酿燃起，
甜美的还有这倦怠，柔软无力。
如此深邃的世界常常向我开启，
其中光亮让我目眩，我步子轻巧却犹豫，
我身边绕着一圈金色的轮舞
是那久已习惯，日日相同之物。

你可看到那城市?

你可看到那城市，看她在彼处静卧，
窃窃私语着依偎在夜的衣裳里?
月儿倾倒出银色丝绸的水波
朝她泻下，带着魔幻般的华丽。

温热的夜风吹来她的气息，
如幽灵一般，传来渐次消退的轻音:
她在梦中哭泣，她的呼吸且深且沉，
她在絮絮低语，谜一样神秘，诱人而悚惧……

黑暗的城市，她睡在我的心里
有光芒与热流，有盈满苦痛的彩色华装:
却又似殷切逢迎，她的倒影于浮动中环绕你，
淡化为窃窃私语，在这深夜中滑行。

思想幽灵

“如若我们能挣脱历史。”

弗里德里希·尼采

毁灭之火熊熊，
夺命之光熠熠，
势将生命灼焦，
在我们的内心
才智的火苗在燃烧。
所幸我们免于
灰烬涂地的命运
因为有杂草清凉如屏
润湿且蔓延，将我们的心灵围蔽：
随遇而安与毫无思虑地

享受生命之欢，
以谎言来慰藉，
甜美的自我欺瞒，
还有安逸的朝暮微茫
从今日到明日……
我们的内心里承载着
光彩照人的神赋之才，
对艺术的焕然感悟。
可诸神狡诈，将它与
赫菲斯托斯相配：
那油污斑斑的手艺活，
那跛足踯躅的辛劳苦，
那瘸瘸拐拐气喘吁吁的笨与拙。
我们的内心里承载着
耽于梦幻的哈姆雷特，那丹麦王子
那聪慧得潦倒的人，
那否弃生命的艺术家，
即使是绝望的呐喊也被他灵慧地饰以机智的火花。
可就在他身旁有人端坐

在我们灵魂的斗室
带着僧侣的愚笨勤勉，
孜孜不倦地颂赞着生命，
挖掘着令人苦痛的真理之坟
书本、言辞与灰尘的坟
为着自己的局限备受崇敬而欣喜
这是废话叨叨的地精：德国的大学教授……
我们在内心里载着浮士德，那提坦巨人，
和斯嘎那赫勒，仆从的灵魂，
还有哭泣的维特——和伏尔泰，那怀疑者，
先知撕心裂肺的痛苦叫喊
与沉醉于美的希腊人的欢呼：
三千年的已逝者，
鬼魂的一次狂欢之宴。
被他人所思，被他人所造，
陌生的寄生之物，
随身附形，让人觉察
形容病态，受毒身亡。——
他们哀吟，他们诅咒，他们欢呼，他们争斗：

我们说出的，只是他们
刺耳合唱的沙哑回音。
他们争吵如同酒醉之徒
让我们备受煎熬！
他们从我们的头颅里饮取
我们生命的浆汁，开怀不已——
他们逶迤而来，令人窒息，
如同咝咝吐舌的蛇，
缠绕我们的意识——
他们将我们的幸福之树
于狂热的风暴中摇撼得吱嘎作响——
他们用瘦骨嶙峋的手击打
我们的灵魂颤动的弦——
他们翩翩起舞，让我们几近死地！
他们旋转的轮舞掀起了波澜。
生命的波澜，死亡的波澜，
最终以野火之势冲破了堤坝
将众鬼魂席卷而去
带着我们一道……

在我们的苦痛之上铺陈开
一氅缄默而凉人的大衣：
深夜……！

繁花满树

是什么在我内心中唱，当此时分
唱着让我开启了嘴唇，
而所有树枝无言以对
各自朝着大地低垂？

是什么从心底向外奔涌
如同号角吹动
在这清寂的时辰，
而一切也许入梦正深
也许伴着梦沉默无声？

树枝往下垂落，
棕色而幽暗地静默，

其中跃出白色繁花璀璨
穿透了深夜且欢笑且闪亮
将树的沉默打破，
它们低垂之际簌簌作响
簌簌响着将它们的繁花绚烂
向幽暗的草摇拨！

正是在这清寂的时辰
由幽暗、深邃的大地之深
涌出一束亮光与一派生机
唱着开启了我的嘴唇，
让树纷纷战栗，
它们携明艳的繁花依依
簌簌响着，摇曳在这深夜里！

一个亡灵的阴影……

一个亡灵的阴影落在我们身上
以及一个艺术家的灵魂最后的抗争，
那灵魂注视着自己走向消亡
却还想描绘它抽搐的模样。

而我们因这邪恶的欲念浑身惊颤，
那亡灵的惶恐我们也深有同感，
仿佛我们可以透过他破碎的眼
看到深邃奥秘的生命土壤。

正如临死者哀吟连连地辗转
将自己的被盖从身上抖开，
这亡灵也在我们身边绕转，在我们自身

将包藏的苦痛，麻痹的苦痛揭开。

它渐渐涨溢，其可憎让人难以言述，
如同波涛，恶心的波涛汹涌袭来，
毫无意义，如此虚无，寒冷乏味，冰冻侵骨，
是一次呼吸，包含了浓烈的苦楚：

仿佛生命的内涵已然熄尽，
最为神圣者已随烟消雾散……
理解，创造，做艺术家，有何意义？
那生命意义何在？而艺术意义又何在？

骗取的并着骗取的，话语连着话语
如同彩色的小石子并排而列！
我们知道什么，什么将一切维系相连；
是否非得如此，可否换作它样？！

但愿我们得以看视的目光，
只属于我们，但愿那梦中景象属于我们！

然而事与愿违，而我所思想着的也不是，
确实，这一声呐喊不过是句回声，不是我的！

只有一样非我莫属，正如动物也能拥有的那样，
它不是幽灵所占，不是某人感受的重放；
在对你抱着难以慰解的恐惧的同时
有种格外朦胧的同情在我心头翻腾。

而我，自身尚未得到安慰与劝导，
想将你安慰，如同一个孩子安慰另一个，
他对于那些未曾理解的忧烦一无所知，
他不懂种种我们之中无法领会的事。

这也许是我们最终能保有的，
如果思想尚未经过思虑便已开始说谎：
一个颤抖的心灵有另一个在倾听
手上轻微的压力让手来承受……

致一位匆匆而过者

你曾让我恍然
何物在我心中暗藏
你曾是这心灵的琴弦上
那夜风在低声呢喃

仿佛是呼吸着的深夜
那谜一般的呼唤
当屋外流云飞散
当梦中人醒

这迫近的相临涨漫
成一片辽远而柔软的蓝
月前杨树林里
涌过一阵轻微的战栗

我的花园

美呵，我这栽了金树的花园，
有树叶在银质的飒飒声中颤抖，
有宝石露珠，有徽章栅栏，
有锣鸣响，让那金属制成的
狮子们听了入梦，有黄玉曲流
和鸟舍，鹭群在其中闪烁，
它们从不从银井中啜饮……
如此美呵，我几乎不再渴求另一座，
那另一座花园，我早年曾在其间流连。
我忘了是在何处……我只嗅到了露水
那露水早年挂在我的发间，
我记得那土地的芳香，潮湿而温热，
当我四处寻觅软软的草莓……
在我那早年流连过的花园……

花园女工的一双女儿

其中之一在代尔夫特大杯中
上有蓝色的龙和飞鸟的杯中
填入一束松散的明艳鲜花：
这边是茉莉，这边涌出成熟的玫瑰
还有大丽花有康乃馨有水仙……
上方是高秆白菊在起舞
丁香花冠与雪球花在飘摇
青草点头，银色飞絮和碎花……
芳香四溢的酒神狂欢……
另一位用苍白纤细的手指
折断长秆而僵直的兰花，
两枝或三枝放入狭长的瓶……
带着渐褪的颜色耸立而出，

有长长的花柱，奇异而蜷曲，

有紫色的丝，刺眼的斑，

有紫罗兰色、棕色的豹纹

还有潜伏着的、引诱人的花萼，

它们要杀死生命……

云

深夜的天空中
一阵急涌与铺展，
是聚拥起的云
含了匆匆的渴望，

以无声的匆匆
——带着强威攫住它们的
是哪一场流风？——
它们飞速滑动，

如巨人般摇晃
在月光笼罩下
在我灵魂上

是它们阴影的舞蹈，

起伏翻腾的图像，
尚不及成形
便更为放肆地增长，
刹那间四分五散，

一片松松散漫……
一番半知半解……
一阵飞掠把捉……
一场持续吹拂……

一次无声滑动，
脱离了沉重，
穿越四下辽远
渐显蓝色的虚空。

晨昏朦胧雨

在路上漫游的风
充盈着甜蜜的声响，
朦胧中簌簌的雨
浸透着欲望的湿气。

淙淙流溢的水
使梦中细语荡漾迷离
这梦于飘雾中
淡去，淡去，恍惚游移。

风在拂动的柳间，
漫游于水滨的风
迷醉了渴求的伤痛，

伤痛融于一片朦胧。

朦胧中拂风的路
它所向无处，
可它适于行走
在簌簌落下的雨中。

梅露西娜[1]

在绿野中诞生
在溪水边解去禁锢，
可我怎会远离生活，
那可爱者，到此地步！

今天我梦到了
深深的水，
我在那黑暗中
不曾睡，不曾睡！

到池塘中映照

1 梅露西娜（Melusine）：欧洲中世纪传说中的蛇身水妖，嫁给一个骑士，但因被骑士违约撞见她真面目而回到水中去。

自己的一切，
在我醒着的
眼中都被捕猎：

那些悲伤的树，
有光透过它们闪烁，
当那球，硕大的球
带着红色的呼吸降落，

那脸色苍白的少女
走动得悄无声息
用白色的眼
看进这幽暗里，

还有絮絮叨叨
一群森林妇人，
披散的头发中
树叶与王冠杂混……

是红金色的王冠吗
还有那珍珠绳沉甸甸？
这些我都已忘记，
这些我再也找不见。

当那夏日早晨清冽地……

当那夏日早晨清冽地泛出灰白，
由天际显出粉色如石南花开，
正值浅白的月镰低下头来
看粉色石南花开：

此时踮着银色的脚跟
从自家花园小门
走出了那些腰间系有美与沉默的
最年少的梦。

它们走过一条颜色苍白
簌簌轻响的杨树大道，
穿过一条围篱小巷

还踏过了清香的三叶草，

它们用纤纤的手指轻轻
开了逐渐明亮的房子的大门
又沿着小楼梯轻轻
登入了你的卧室，

在你的床前它们久久伫立
却没有提起勇气，
只是惊忧地倾听你的魂灵
沸腾翻滚而不得安宁。

它们为你而来的哦，可叹！
你呼吸太过沉重，
它们带着忧愁折返，可叹！
要去它们所来之处，
要去的地方夏日的清晨泛白
如粉红的石南花开。

生命，梦幻与死亡……

生命，梦幻与死亡……
火炬在燃！
青铜战车
飞越座座桥梁，
其下风声呼啸
掠过树梢，
树悬于陡峭的河岸，
黑色的巨大树冠朝天扬……

生命，梦幻与死亡……
轻舟漂荡……
两岸绿色长椅
红色晚霞中湿润，

群马静静饮水地方，

群马无主……

轻舟漂荡……

漂过公园旁，

繁花正红，五月时光……

凉亭中有谁？

可知，谁在草中安睡？

嘴唇鲜红，头发金黄？

生命，梦幻与死亡。

我熄了那灯……

我熄了那灯
用紫色的手，
将世界脱去
如脱一件彩色外衣

随即沉入了黑暗
赤裸而孤独：
这深邃的帝国
归我所有，我归它所属。

宏大的奇迹倏然
穿过树丛而去
泉脉跃动

在最深的意义中，

哦，若再跃出些，
我将走入核心，
入世界之心
与万物近，离万物远。

孩子的祈祷

亲爱的上帝和小天使，
要让我善良又虔诚
要让我这件小衬衫
很快很快就不合身。

让我走越来越远的路，
见许许多多善良的人，
当他们眼睛向外看，
让我马上能理解他们。

然后和他们一起去远方
为美好的地方欢喜万分，
而到了独自一人的时候
使我欢喜于发光的星辰。

从船上走下

你们那些清晨呵，我的床沿上
飞来过明亮如贝壳的云层散发的光
而我往后再也寻不着的礁石小路，
闪闪发亮，优美地拐向了远处，

你们午间的时光呵！黑暗的巨树，
藏有浅淡的醒与浅淡的睡
将我从我自己这里偷走，而我的耳边
不曾让隐藏的诸神吹出的气息碰触！

你们那些黄昏，我当时俯身从沙滩上
拾寻谈话，而这双肩膀不曾
滴着水从湿处抬起，而我呼出的气息

在光与影的争斗中渐渐消散：

现在他要远去了，在这里，从生命之手中
既不曾领受痛苦也不曾获得幸福的人：
而在这里，他别无选择，势必也要
留下他部分的灵魂。

世界与我

去吧，我的歌，去找巨人阿特拉斯，
他正用手臂和颈背扛着世界的屋梁，
对他说："你现在尽可以去赫斯柏利提斯的园地
摘取苹果，只要觉得对你有利。

我的主人愿意到你的重负下站立，
如同拿起一把轻盈的鲁特琴，
琴声正呢喃，又像端起一碗水果
他的两臂将把这世界举起。

深邃的海，其中藏有巨兽，
是一切生命迟钝的最初形容；
众多的树，根系在黑暗中吮吸

树冠间满是芳香和清风；

还有月光，隔了树叶往地上洒落，
还有草地，睡神让人在其上躺卧，
就如同沉默的瓶罐，每一个都
装有整整一个世界……而这一切

我的主人将为你效力而扛在肩头，
不颤不抖，他乐于背这重负，
就像扛一个银盆，其中装有
轻声低语、生气盎然的水流。”

走吧，我的歌，去阿特拉斯那儿，告诉他这些，
如果巨人阿特拉斯不相信你的话，
你便说：“他怎么不能用手臂扛住一切？
我的先生，他已微笑着在脑中载起了这世界。”

因为我知道……

因为我知道，你会重回我身边
那些云儿便让我欢愉，
就着满畦的大丽花
傍晚的静谧如此合我心意！

我满心欢喜地寻觅阴影，
直到斜阳即将西归。
深夜里在黑暗的小山谷
每一束亮起的光都使我快慰……

即使我独自一人攀着低山，
我还是在你门前静静聆听。
当我在这一处陌生的花园里伫立，
我感觉到的呵，依旧是你。

“作品”是死的岩石……

“作品”是死的岩石，从铮铮响的凿刀下出世，
当大师凭着活的自我挥刀凿刻而创造。
“作品”昭告灵智，正如茧蛹昭告蝴蝶：
“你们看，它留下我，全无生机，自顾翩翩飞去。”
“作品”，它们与芦苇相同，迈达斯[1]那枝悄声诉说
　　的芦苇，
散播出秘密，在秘密早已不再真实之后。

---

1 迈达斯（Midas）：希腊神话中愚蠢的佛里吉亚国王，受阿波罗惩罚长出驴耳朵，只让理发师知道。理发师忍不住将秘密说进芦苇管，芦苇将它传播开来，结果世人皆知。

在我走近，在我落脚之处……

在我走近，在我落脚之处，
落入此地的阴影，落入彼处的沙土
他们将坐到我身边，
我将让他们欢乐开颜，
用影子纽带将他们牵系住！

有些事物，他们熟知，
我教他们称其为秘密，
他们四肢的升与降
和星辰的运行周转，
他们几乎无法将其分离！

因为我说："强力浩大

驱动白日，让黑夜降下，
可是你们体内也会降入
同样神秘非凡的国度，
如落入竖井般平静不喧哗。”

于是他们克制住恐惧
沿自身往下看去，
秘密已尽入其中交叉缠绕
他们感觉自己已被抬高
而天空的蓝色又暗了几许！

春日里的黄昏

他走。房屋全都庞大。
明亮的天空里已伫立星星。
大地再次将冬天甩下。
他在咽喉里感到自己的声音
重又对自己的手倾心。

他很疲倦，却又像个孩童。
他在多匹马之间将这街走过。
他多想碰碰它们的额头
为自己唤回它们早年的生活
以不自觉的神态去抚摸。

南方的月夜

就着如今这双重的欲乐可会生出双重的白日?
一个还没落下，新的那个便已升起!
一身油膏与光彩美妙，像是位半神记忆全消，
它为我将花园和湖装扮，让人目瞪口呆的富丽堂皇。
那熟悉的树变得陌生，陌生是那喷泉在闪闪发亮，
陌生而幽暗的强力由外界冲入我心中。
这是那些灌木吗，在其中有彩色的思想筑巢?
我几乎再也认不出长凳！就是它？在这里静候的
　这一条?
可它就是，因为辛勤而微小的蜘蛛织就的网里
还悬挂着闪烁的光点！是我自己的心神回归?
当你的信今天来到——我急匆匆的手指便
不耐烦地拆开它——，细碎的纸片从撕破的

边缘处飞落：它们飞溅像水滴飞出饮者，
冲到喷泉池边的那位，焦渴的嘴边！
是呵，现在它冲到了近旁，在水上游弋而来，
用悦人的手臂将自己撑起，出了黑暗，升到我面前：
此刻我呼吸如一位被解除魔咒的人，实际却才真正着魔。
在这凝望的深夜我握有了幸福的钥匙！

箴言诗

诗人们与时间

我们是你的翅膀，哦，时间，可我们不也是抓持的利爪？
还是你就想要这么多：翅膀和利爪要同时拥有？

诗人与材料

从倾塌的墓穴里我只想把自己挖出来：
可是我却为光打通了道路，洞穴豁亮。

诗艺

可怕啊，这门艺术！我从身体里抽出线来织，
而这线同时也是我要在空中走的路。

自己的语言

如若你口中生长出了语言，那你手中就生长出了链条：
将宇宙拉到你身边！拉吧！不然你就会被磨损。

世界之镜

“这条路我已经爬过一次了。”在沉睡着的一个国王的口中
那身上布满斑点的蠕虫说。——“什么时候？”——“在诗人的大脑中。”

词语

有这样一些词语，它们像大棒砸下。可还有一些
你吞下去如同吞下钓鱼竿，继续往前游却还不
知情。

叙述的艺术

你想描绘谋杀？那就给我看院子里那条狗：
同样也让我看到狗眼中那凶案的影子。

论大

你们将阿尔卑斯山说成那么大？我轻易就能把它
设想得大得多：
但圣马可广场就不行，佛罗伦萨的主教堂更是绝
不可以。

条件

若你是岩洞，未出生者在其中拥挤，
那岩壁上的污迹便已变成宁芙[1]和骑士和马！

这便是生活的教义……

这便是生活的教义，第一个和最后一个和最深的一个，
它将我们从迷魅中解下，那迷魅是概念连接而成。

你们从内容中分离出形式……

你们从内容中分离出形式，你们就不是有所创造的艺术家。
形式由内容而成其意义，内容由形式而成就本质。

1 宁芙（Nymph）：希腊神话中的山林仙女。

诗剧

昨日

诗体独幕剧研究一则

出场人物：

奥斯提亚的红衣主教

安德里亚

阿尔丽特

梵塔奇欧，诗人

富图尼欧，画家

维斯帕希雅诺爵士

莫西卡，食客

克巴奇奥，演员

马西里奥，一个陌生男人

安德里亚的两位仆人

在安德里亚位于伊莫拉的府邸中。此时正值画家名师辈出的时代。

安德里亚家中的花园前厅。文艺复兴末期的富丽建筑，墙上装饰着石膏花饰和怪诞风格的雕像。左右各有一扇高窗，各有一扇垂有哥白林门帘的小门，门帘上画的是《埃涅阿斯纪》中的情景。中间的门也是如此，门后是一个露台，由镀金的常青藤围栏朝后围住，左右有阶梯通往花园。在左边角落里，墙与墙之间有一条暗红色挂毯悬在银环上。在柱子旁边有雕花箱子供人坐。厅内正中是阿雷蒂诺[1]所做的彩陶神首柱。在柱子右侧是一架可取用的小型管风琴，配有活动的鼓风箱；这管风琴立在一个黑色的乌檀木箱子上，明亮的木质面料上绘有弹奏风琴的鱼尾海神特里同和吹奏牧笛的羊角淫神法恩。在风琴上方，有一架三弦琴悬在墙上，琴首是色魔萨提尔的头；墙上还有一个单弦定音器，镶着象牙。从天花板上垂下文艺复兴初期那形式更严谨的吊灯。

晨光熹微之时，窗与门都被帘布遮住。

1　彼得罗·阿雷蒂诺（Pietro Aretino）：意大利文艺复兴时期著名画家。

第一场

阿尔丽特：

穿过右侧小门上；她走到房间正中，侧耳细听

圣母啊！哦！这通往花园的门……还有脚步声！

回头朝右呼喊

是他，快走！快走！弯下腰！从中间逃走！

然后她很快将哥白林门帘拉上，走到挂毯边，躺了进去。她又抬头看了一下，随后便装睡起来。

安德里亚：

从中门走了进来，吹着口哨；他卸下了佩剑，随后看到了阿尔丽特，走到她身边，吻了她的额头。

阿尔丽特：

似乎被惊醒了

安德里亚！

安德里亚：

啊，我是不是惊扰了你？

这可不是我本意！

阿尔丽特：

你真让我吃了一惊！

安德里亚：

有什么让你吃惊？

阿尔丽特：

迅速说

你在这儿已待了很久？

安德里亚：

我刚到。不过…… 我要听你说说惊慌的事由……

阿尔丽特：

她说得快而激动，时不时偷眼看看右侧的小门

不，不……没有什么事由……你看，我只是沉入了睡梦……

哦……昨天深夜里……我走入了花园中……

心里惴惴不安……期望与你相逢……

渐渐平静下来

我不知从何说起……这感觉真荒唐……

我宁静宽大的房间让我心惊胆战，

它有自己的呼吸，微微温热，那么闷又那么香

花园的围栏上跳动着白色的微光

而这时……不知怎地……我便走进了这里，

她站起身来，倚靠在他身上

我竟然觉得，我不那么孑然孤立……

停顿

你回来得这么早？

安德里亚：

已经快到天明的时辰，

不过，来吧，我们现在还可以转身

去你的房间，去我们的……

他想轻柔地拽她离开

阿尔丽特：

畏怯地

安德里亚！ 不要离开……

我的房间还有……

安德里亚：

有什么呢，你这小孩？

阿尔丽特：

讨好地

留在这儿吧！花园里的夜有那么甜的天籁，

只有在这儿才能听得见！

安德里亚：

那是晨风的低唱

是苏醒的黎明在发出簌簌的声响！

阿尔丽特：

到花园中去吧，去浸染那湿润的熹微！

我多渴望获取露水，那清新的露水！

就像往日那样，你可记得？ 当我们相遇

在特利薇公园，身沾露水，睡眼迷离？

安德里亚：

夏天的露水很快会让烈日吸尽！

他将一幕窗帘拉开

天已大亮了啊，阿尔丽特。

阿尔丽特：

整个儿站了起来

不要！ 日光太刺眼睛！

把它们灼得发痛。啊，留下清凉的半截夜晚，

我觉得，今天的日光让我变丑了模样。

安德里亚：

你脸色这么苍白。

阿尔丽特：

你知道，我夜里失眠难安。

安德里亚：

激动起来

谁让你不眠？

阿尔丽特：

你非得让我再受次折磨，

你竟这般折磨我！不，这回要你来说，

我整夜里都是孤零零独自一人，

可我只想知道，什么让你远离了家门。

安德里亚：

你知道的呀，孩子，我在帕拉家里逗留。

阿尔丽特：

那里有谁？

安德里亚：

和往常一样，还是那群旧友：

梵塔奇欧、皮埃特罗、格鲁米欧，还有斯特罗奇

几乎所有人都在，唯有洛伦佐缺了席。

阿尔丽特：

试探地

为什么是他缺席？

安德里亚：

他不肯告知我们缘由。

也不会有人问——兴许是不可告人的风流事。

阿尔丽特：

那你知道内情？

安德里亚：

不知道。

阿尔丽特：

可是你有所猜测？

安德里亚：

不曾有。

你怎么问起这些？

阿尔丽特：

转移话题

那你们都做了什么？

安德里亚：

闲聊、游戏、嬉闹、喝酒……

男人们在一起就做这些，只要还没有起争斗

其中大多数陪我走到了这儿的门口，

他们今天一大早便要……

阿尔丽特：

承认吧，你更情愿

与女人们共处。

安德里亚：

只有一项，孩子，还是他们优先。

他们爱我，因为我的聪明是人中第一。

阿尔丽特：

他们爱你，因为他们能够利用你。

安德里亚：

那又怎样！我从不追问个中缘由！

唯有自身之源才会涌出我们的感受，

只有将感受寻获，才可跨过门槛：

多少行动都是软弱，多少言辞都是空谈！

寻根问底只会让感受变得难堪，

每一份真实情感都无法言传……

不是我所思，我所信，我所闻，我所见

是你的魔力牵系住我，还有你的耳鬓缠绵……

假若你背叛了我，将我的爱欺骗，

于我而言，你依旧是那个你，不曾改变！

阿尔丽特：

你说这话可要小心，这信念着实危险！

安德里亚：

哦，不，它只是美，是果敢，让人沉醉，诚实不欺，

我们的灵性所受的禁锢都让它冲洗而去，

还有阻碍我们的顾虑，让我们苦恼的良知，

这些心念总用千般与实不符的惩戒将我们威胁，

唯恐我们不愿自欺欺人而听凭感受泯灭；

而那信念教我们将明智之权认清，

我们平常都已将其践行却不曾说出其名……

轻声地

那是生命在默默漫游世间

遍历百万人，他们却都无从领会，

而每当两人四目相对，

各人所见都是自己在对方眼中。

阿尔丽特：

可我们称为友人的，他们又当如何！

安德里亚：

他们身上，我们可将自己看得更透彻。
……在我心里酝酿着莫大的期望，
期望一次骑马远行，狂野，放浪……
我要这么将我的骏马驱赶呼唤：
看它喘息不迭，马蹄上溅出火星，
这于我何碍，所发之情已发挥殆尽！
下一次，我的灵魂中会漫涌过
一股含混不清、渐次消融的欲望
它渴求那些轻轻环绕我的颤抖声响……
我要这么让弦琴流出
它的哭泣，它暗色热流的渴慕，
高潮时刻最深的呻吟，炽热的低语，
弦琴的灵魂如谜一般让血液流溢……
他停顿了片刻
再下一次，我将让佩剑出鞘，
因为我渴望剑刃在空中的呼啸：
那剑锋，那琴乐，那骏马，
只因我们情绪生动才生机焕发，

只有授予我们生命它们才有生命之价，
其实质也不过一堆死物，空洞无它。
而那些友人，他们的生命仅是表象而已，
是我在活，需要他们的我，唯我独一！
每人身上都沉睡着一株火苗，与我相宜，
或迟或早，终有一天会燃起：
也许是一个玩笑，挠开我的心窍，
也许是一句话，在梦中向我讨好，
也许是一次新的迷醉，一次新的享乐，
也可能是痛苦，让我颇有所得，
也许是怯懦、柔软的为奴心态，
在我残忍之时，让我欣然欢快，
也许……我无法一一尽数……我还会有求于他们，
因为他们沉入海中，要取千枚珍珠给我，
因为仍有一丝恐惧在我灵魂中安坐：
我不曾将至高、至深者寻获！
轻声地
我忌妒死亡，它夺取的一切我都忌妒，
我的命定之所也许正向死亡奔赴，

那别样的，宏大的，此生不曾有过，
不曾被偶然机缘可怜地黏合起来之物。
因此哦，阿尔丽特，我享受，却又心慌，
我畏缩，当盈满的酒杯溢出泡沫，
每次亲吻时都有疑虑在心中迈开脚步：
难道你不会就此将最好的耽误?!

阿尔丽特：

闭上眼

比这更好的，我从来没有梦见过。

安德里亚：

心不会预料，它有什么缺少，
落到它怀中的，它都视为珍宝。
可我不要昏蒙，我要清醒，
我要将我的生命感受、书写、制造!
只有每一朵花都编织进了花环，
只有每一次欢愉都脱落出真实的果实，
每一份感受都参与了和谐的合唱，
生命才成为生命，之前都不算!

停顿

阿尔丽特，起来吧……时辰已经不早。

阿尔丽特：

啊，是呀，他们马上就到……裙子要穿哪一条？

是你昨天那么中意的绿裙，

还是另一条，带了稍许褶皱，软软的布料？

安德里亚：

那条颜色浅淡的绿裙，上面绘了睡莲？

阿尔丽特：

配上那条腰带，宽宽松松挂在腰间……

安德里亚：

你怎么会有这个念头，它从来就不合我心意。

阿尔丽特：

哦，不，就在昨天你还当众表示满意……

安德里亚：

你非得用昨日来将今日打扰？

我非得听永远禁锢你双脚的

枷锁发出铿锵的音调

而我自己已千百次把它砸掉？

因为昨日那惨淡的暮色包裹住我们，

朝绿色尼罗河走去了贪梦的灵魂，
因为我们身边萦绕着暧昧不清的灯，
天空里掠过怀着渴慕的灰白云层……
它们已与我们分隔，一道鸿沟，七个钟头，
那个昨日已经飞逝，一去不留！
今日有如柯雷乔[1]所绘，成熟而炽烈，
色彩饱满，笑声欢畅，光芒闪耀，繁花摇曳，
今日是如此一天，点缀着丰满的玉兰
还有盛开的蔷薇在枝头鼓胀；
今日就穿你的那条黄裙，沉重而富贵，
再戴上深红的玫瑰，火热而柔媚……
你要改变对昨日的执着念想，
不再听候消亡之物的空洞呼唤：
要领受今日时时变换的力量，
让那享乐，那痛苦，在你的灵魂中徜徉，
忘了已成过往的费解之事：
昨日总说谎而今日才是真！

1　安东尼奥·柯雷乔（Antonio da Correggio）：意大利文艺复兴时期著名画家。

任每一个片刻带你飞腾，
以此为道才会对自己忠诚；
追随从不为你停息的情绪，
纵身相与，才会持有你自己，
绝迹的往事是危害你的险敌：
真理也会变成谎言，只要它停滞！
现在去吧，我的孩子。去把黄金发箍取来，
镶了宝石的那个，新的发卡也戴上，
我们有清早的客人要款待。

第二场

安德里亚上，随后仆人上，之后马西里奥上。

仆人：

有一个陌生男人在花园门外，
他想要单独和主人……

安德里亚：

让他进来。

马西里奥：

从中门上，暗色衣着；他慢慢走到安德里亚面前，仔细打量他

看出来了，先生，你没认出我。

我从帕多瓦来，受了他人委托。

安德里亚：

这声音听起来……马西里奥！我的伙伴！

马西里奥：

马西里奥，被神的恩惠所照亮。

停顿片刻

安德里亚，那段时光你已经全都忘记，

那些大胆之举，那么多，那么了不起……？

安德里亚：

多么美好啊，那时的兴致

匪夷所思又触犯禁令，四处巡游而迷失了自己……

马西里奥：

我们还发誓，要建一个新的族类。

安德里亚：

微笑着

我却在古老的罪孽上败北。

马西里奥：

可我看到最小的火星都已消失？

安德里亚：

小火星已被更大的火焰吞噬……

压低声音

你这段复活了的往昔年岁，

多么遥不可及，让人不解！

你像阴影一般飘过，陌生异常，

你这不再合身只能脱去的衣裳：只是余党！

马西里奥：

漠然地

谁若不赞成我，便是要与我作对。

这就是先生的话……我走。

安德里亚：

命令道

留下，把话说出嘴！

语气缓和了些

还没有谁会这么离开我家门，

连自己的心意都不让人理解半分。

马西里奥：

我们年少时心中所怀的憧憬，
今日已有虔诚的部族相信：
帕多瓦的星火一旦点燃
大地上又会闪耀萨夫纳罗拉[1]的光芒，
纯净人心的悔悟化作明亮之火
在这日渐腐朽的原野上驰骋而过。
手持浸湿的鞭子，血滴沾染着头发，
忏悔者的队列已经穿过佩鲁贾。
怯懦颤抖的是皮肉破碎的躯体，
他们的歌声在宣告精神的胜利。
他们的额头已得到净化，颜色苍白，
其上有十字圣符燃烧，穿透夜的雾霭，
我们的族群将面临神的风暴扫荡，
神圣的愤怒没有人可以抵抗。

---

1 吉洛拉谟·萨夫纳罗拉（Girolamo Savonarola）：意大利多明我会修士，一度成为佛罗伦萨的精神领袖，反对文艺复兴，严厉抨击上层贵族和教皇。

安德里亚：

压低声音

这便是赎换，我当时便已有所预料。

马西里奥：

通往弗利的道路已经为我们铺好。

安德里亚：

而我要在此帮你们把新路开拓？

马西里奥：

我不奢望任何义举，任何承诺，
摧毁的意志会自己觉醒；
还有恩惠，它会显露自己的困境；
你只需庇护我，让他们可以听到我，
我知道，你的家族强大，根系广博。

安德里亚：

我愿意庇护你，但不会牵扯我的家族，
所有新事新物，他们都会粗暴抵触，
他们自定的界限，自己的仆役，成了囚牢，
他们所无法理解的，都会被他们诅咒嘲笑。
我愿意庇护你，在我自己这安居之所，

灯火照得通明，游戏与宴饮交错，
他们将在这里找到十字架，找到皮鞭，
还有骷髅头，用花团锦簇的环带装点！
一阵出自坟墓的惊雨将席卷大厅，
当你将神圣而凶猛的激狂唤醒，
当他们为了制造焚烧罪人的柴堆
将画像、鲜花、织毯和诗歌积累，
当他们忘却了自己感受到的恐怖，
步履蹒跚地联手跳起忏悔的轮舞……
额头低垂直达地面的尘与灰，
那些苍白的美丽女子在你脚边下跪！
我愿意庇护你……因为我想观看这景象。
现在去吧，我的朋友，尽管放心歇息。
在伊莫拉，我的客人不会遭人冒犯。

第三场

安德里亚上，然后仆人上，随后红衣主教和富图尼欧上。

安德里亚：

目送马西里奥下

居然还有这样的风暴，从来不曾把我浇透！

生活还会给我这样的礼物，从未有过的感受……

只有一样，我从不愿设想：

在我经历之后，它会变得多么寡淡！

仆人：

奥斯提亚的红衣主教大人

与富图尼欧先生已经进了花园小门。

安德里亚：

告诉夫人，我们只等她现身。

红衣主教与画家富图尼欧从中门走了进来；红衣主教气喘吁吁，立刻坐了下来，其他两人站着。

主教：

富图尼欧刚刚对我说，

帕拉家乐子不少，可惜都被我错过。

安德里亚：

心不在焉地

帕拉家，那是昨晚，是呵……没错，没错……

富图尼欧：

你自个儿玩得那么欢，让我看起来真是少有，

我们都被你的话灌醉，无须再饮葡萄酒！

安德里亚：

六个钟头前这恭维还会合我心意，

现在只让我觉得乏味……那气氛已消失了踪迹！

如要强行重拾它，我实在于心不忍！

那是已经冷却了的灰烬……

富图尼欧：

吃惊地打量右侧的墙

伙计，我冒昧提个问，

告诉我，我画的那幅旧作去了哪里……

天鹅丽达的画像之前可一直挂在此地？……

现在装饰着窗上弧顶的是一株棕榈，

还在四周环境的压抑下垂垂死去？……

我那可怜的天鹅，它是不是也飞去了远方

永不重返，只因你的善变情绪将它驱赶？

安德里亚：

起先颇不耐烦，随后热情逐渐高涨

别这么误会我：你自己来做个判断！
常常引人寻觅的，难道不该常常隐藏？
难道情绪不可翻转，不能拥有力量？
难道不是每种激情都会苏醒，也会消亡？
谁教会我们，把成千生命收罗汇集
再赋予这杂烩“灵魂”这个名字？
凭什么旧物便好，新物便遭鄙夷？
谁胆敢索求，谁能承诺忠诚不渝？
难道在我们的生命琼浆里不曾混杂
人性与兽性各一半，如同岑陶尔[1]那半人半马？
我不会为我的任何本能感到惊恐：
我只会倾听，是什么引发那些冲动！
有一类期望是在禁欲中颤抖，
由乔托[2]所画的贞洁天使环绕相守，
另一类追求生命的成熟丰茂，

---

1 岑陶尔（Centaur）：希腊神话中半人半马的一个种族。
2 乔托：即乔托·迪·邦多纳（Giotto di Bondone），意大利著名画家，文艺复兴最重要的奠基人之一。

是卡多雷[1]的大师涂抹出的火热色调，
第三类是放肆的情绪钟情之物
乔尔乔内[2]派的惊悚，群魔乱舞的恐怖；
过一天又想与小爱神为伴
爱他四肢浑圆，一双小手粉红饱满，
后天我又有了遁入密教的渴求
着迷于暧昧的色彩，苍白的女孩，奔落的泪流……
我要自由本能的自由游戏，
不受任何拘束，也不会受你的风格限制！

富图尼欧：

你费了多少口舌，要说的再简单不过：
不是你承载了气氛，你任它承载你起起落落！

安德里亚：

这“任它承载”不也是一种行动？
自愿随波逐流，难道不是明智融通，
如果我们本就必须不停变换迁移？

---

1 卡多雷（Cadore）：意大利东北部城市名，这里指的是出生于卡多雷的著名画家提香。

2 乔尔乔内（Giorgione）：意大利文艺复兴时期著名画家。

换套新的感官去体验新的乐趣，

当旧的兴致已经失去了魅力，

用自由的力量让昨日脱离我，

不再称颂忠诚，那只是脆弱！

第四场

维斯帕希雅诺爵士、莫西卡、克巴奇奥；维斯帕希雅诺一副军官模样，佩戴弯刀与短剑；克巴奇奥穿着出挑刺眼；莫西卡一身白衣，开衩袖口呈浅黄色，白色贝雷帽上插了白羽毛，黄色的衣内衬里别了一面镜子，腰带上挂了黄色手套、短弯刀，脚上一双白色尖顶鞋。说话者（安德里亚、莫西卡和维斯帕希雅诺）站在左侧，克巴奇奥和坐在阿雷蒂诺雕像下方正中的红衣主教匆匆打了个招呼，便在他面前站定，似乎和他交谈了起来；富图尼欧仔细打量着管风琴。

莫西卡：

安德里亚，你可知道，我们刚才在哪里逗留？

在马厩里。那些马儿真不贵，我忠实的朋友！
漂漂亮亮一个坐骑！我自个儿试了把手！

安德里亚：

你对骑术一窍不通，我可不是第一次听说……
你也知道那句谚语：傻子夸口，没有好货……
不，不，那些马儿我自己早已试过……

格外冷静地对维斯帕希雅诺说

维斯帕希雅诺阁下，如果你们有这心思，
接下来便要诱骗我买什么马驹，
先生，我劝您别劳神费力，将我欺瞒，
这些谎言实在是乏味、平凡、司空见惯。

维斯帕希雅诺：

拔刀吧！我倒是好奇……

安德里亚：

带着轻微的嘲讽

且慢，把刀收回！
我知道，到这关头，动口无用，出手为贵。
我清楚这块高贵的铁料有何职责，
它要浸着鲜血来消除任何猜忌，

不过——我们之间——不需要这么动真格。

红衣主教和克巴奇奥关注地听着，富图尼欧也朝他们走了过来；莫西卡倚靠在坐垫上，时不时朝自己的镜子看一眼。

不耐烦地

你们难道永远无法应和我的声调，
你们难道要永远追随庸庸大众的浪潮，
而他们所知的最大羞耻充其量
不过是张三把李四叫作了“流氓”？

殷勤地微笑道

我爱流氓，他们的心思我都能理解，
再没有谁让我更愿在身边瞧见。
我的双眼是这么乐意瞥见野性的豹，
因为它下一次的跳跃总无法预料，
我于是痛恨要驯服自己本能的人，
他们苟安于平庸的诚实本分。
背叛偷欢有时也是好事一桩！
如此刺激、无缘由、无意义地惹人心伤！
笔直正路有时离得如此远！

我们都在说谎，我自己也是——完全自愿！
哦，黄金般的谎言，变幻无常无根源，
艺术创造的冲动，脱口而出，不知不觉！
哦，智慧的谎言，费尽心力编织而成，
一句总有另一句来增色、支撑、提升！
多么甜美，如此知情地享受谎言，
直至谎言与真相柔和地交汇连接，
由此也明白，这旋涡的每一次回旋
都把我们进一步推进了自我欺骗！
这一切我们每人每日都在做
此外还有更多，无法估算，也无从诉说！
善良便是单调，是滋味寡淡，色泽凋零，
唯有罪孽内蕴丰富，无穷无尽！
这大地上再没有什么更让人鄙夷，
除了笨拙地欺骗与蠢笨地遭人蒙蔽！

他最后一句话是说给维斯帕希雅诺听的；克巴奇奥和红衣主教偷看了一下对方，忍不住笑了。安德里亚狐疑地环顾了片刻。

第五场

梵塔奇欧：

诗人，从中门上，朝安德里亚呼喊道

安德里亚！朋友！你这事儿可做得不妙！

莫西卡：

什么事儿？

富图尼欧：

姿态如上

这事儿不是你力所能及，

再没有人能让死了的墙恢复生机！

红衣主教：

他做了什么？

富图尼欧：

你们看样子还都不知道？

安德里亚：

不耐烦地打断他

我这就为你们说明，诗人这话的由头！

那个建筑师我已解雇送走，

那个名叫赛里斯托里的。

红衣主教：

是吗，为何？

克巴奇奥：

什么时候赶走的他？

安德里亚：

我再也没法和那男人多说一句话。

梵塔奇欧：

我宁愿相信是他不愿再和你对话。

安德里亚：

结果都一样！

我要感谢他。是他教我看清真相，

供养已死之物，是多大的罪过，

把习惯的冲动叫作“目标”更是错上错。

我的建筑师，只因我们相互抵牾，

竟为我解除了我那些计划的束缚……

富图尼欧：

那你便不建屋子了？

安德里亚：

现在不会。也许下一次。

现在不会！因为所有那些预计要矗立
要从大理石中脱颖而出的，都不再合我心意！
因为我的创造力在创造中消散殆尽
因为愿望总是一实现就已破落飘零。
挨个走到每个人面前
为我施圣礼吧，主教大人，亚父尊长！
用圣礼庇佑我免受这地狱之苦！
在这心胸里，诗人，再次燃起
昔日那些力量、暴君的恣意和情趣！
让我再次目睹，博古通今的学者，
过去那个自己的肉身，带着逼真的音色！
让我亲眼看到，画家，那些形态和色调，
当时它们那么充盈着我：这样我才愿建造！
停顿
你们做不到吗：那便没有什么义务
要把这个今日与那个往昔绑定在一处。
那这如镜的蓝色水池里便只剩
刚出世便夭折的废墟顾盼自己的身形。
我已看到迷离的月光

如何颤抖着在断裂的柱子之间流散。
我已看到顶着白沫的浪涛
四下迸溅着在崩毁的弧顶上破碎消融。
时光会在这残垣四周缓缓
织出苍白、真实、君王气质的哀伤：
到那时刻，今日看似恼人的失误，
会给我们带来纷繁轻柔的梦，含着微微痛楚。

梵塔奇欧：

你不会将他召回？就让这建筑倾塌？

安德里亚：

我的建筑已倾塌。

停顿

不过有件事儿还有待筹划。
你们得给我点建议。因为我总磕磕绊绊，
当那些事务逼迫我做出决断：
取舍之难，我实在不能忍耐，
每次选择都是一次无可选的苦差。
而今天——哦，他们真会折磨我！——
我又要在岸边挑出一个处所，

在那里搭建登陆栈桥和平台
专供我的船队——这你们也知道——停泊。
用嫌恶的口吻干涩地说道
我便和建造伙计们一路走去
慢慢看遍了岸边各个停靠地：
倒还真有处海湾吸引了我，它微微弯凹，
水深暗黑，波声靡靡，有繁枝围绕；
语调渐渐舒坦，描绘起来
另一处从礁石中垂挂下来，
满盈着幽隐迷人的惊悚风采；
又一处摇曳直下，颇有豪气，
开口处自成平地，开阔壮丽；
这一处可听回响，上一处睡莲浮动，
第三处有一段软软斜坡，点缀着花丛……
不耐烦地中断
我根本无法选择，因为我做不到退避；
现在这工作停滞不前：你们快帮我定个主意！

他往出口走去。所有人都急忙拥过来，跟在他身边下场。只有红衣主教依旧坐在原位。下面的对话匆匆说出口，有几句是几人同时在说。

莫西卡：

我们需要一处柔和的圆形湾口，

不是僵直的岩壁，不是粗砺的石头。

梵塔奇欧：

我想躺在有灯芯草瑟瑟作响的地点，

听海水宁静的呼吸传到耳边。

维斯帕希雅诺：

最好选礁石掩护的那一段，

咆哮的海浪砸上去也会消散。

克巴奇奥：

先生，我知道，我们应该挑出哪一个……

安德里亚：

压低声音

哦，我多么忌妒他们有这意志去选择！

富图尼欧：

我们总算要走了。阁下，您可同去？

红衣主教：

你们尽管去选吧，我这腿脚得好好顾惜，

你们去去又会回。那好，我便留在原地。

朝安德里亚

我留在这儿，等那小人儿进来这里。

除了红衣主教，所有人都下。

第六场

红衣主教，阿尔丽特。

阿尔丽特换了身衣服，从右门上；在和红衣主教周旋时，她的轻佻比往常更显眼。

阿尔丽特：

貌似在寻觅

安德里亚！啊——是您啊，尊贵的先生，

就您一个人？

红衣主教：

嫌人太少，你这小罪身？

阿尔丽特：

您一个人……安德里亚……

红衣主教：

那位贵客是谁，

谁引得热情和芳香与光辉争相媲美，

这宝石与玫瑰都为了他烁烁闪耀，

看这美丽的玫瑰……这发卡可是新一套？

试探着

谁是那招人爱的贵宾？

他把她拉到身边。

阿尔丽特：

您怎么会有这想法！

这是安德里亚昨天送我的发卡。

为了他一人，我才把自个儿打扮起来。

我对他忠心不贰。这您也明白。

他眯起了眼睛，摇摇头。

您这是何意？不要猜疑，

情急地

对他我忠贞不渝！

红衣主教：

轻声地，随和地

你在撒谎，阿尔丽特。

阿尔丽特：

到今日为止

已有两年了，我当时所做的……

红衣主教：

同上

孩子，昨日还在继续……

安德里亚慢慢走了过来，心情郁闷，迈过露台，从中门走入房间。

阿尔丽特：

故作镇定

您知道？

红衣主教：

自作聪明地

洛伦佐他——

阿尔丽特：

发现安德里亚已到

快别说了！

红衣主教：

可是相信……

阿尔丽特：

我求求您了。

红衣主教：

笑道

哈，对我你尽可以放心！

第七场

出场人同上一场。安德里亚慢慢地走到他们面前。

安德里亚：

语调里含着愤懑

但愿没有打扰到两位。

阿尔丽特：

羞怯地

就你一个人回家？

安德里亚：

是啊，如你所见。

阿尔丽特：

你是回来接我的吗？

安德里亚：

哪儿的话。

红衣主教：

其他人呢？

安德里亚：

往下走了，去水塘那边。

停顿了片刻

眼前这群人有时真让我心头生厌！

他们没有一个人会为瞬间的欲望动心，

瞬间的灵韵没有一个人会领情！

临窗而立

水流迟缓，死气沉沉，铅一样凝滞……

烈日逼人……灰烬颜色的云潜伏不移……

水塘里污点斑驳而灯芯草微微战栗……

即将到来的风暴有海鸥的尖叫提前告知。

我已经看到风暴鼓胀起的灰白羽翼……

语调里透出至深的轻蔑

他们却毫无知觉，谈论着别的话题！……

停顿

只有一个人能和我一样有此领会！

我最好的朋友，当我们被风暴包围！

他心中栖居着我心中也有的风暴的灵魂：

我不想今天偏偏不能和他相对。

洛伦佐在哪儿？

对红衣主教

你有没有看到他的人？

红衣主教：

带着自得的嘲讽

所以你有一个朋友可以共对风暴围困，

有他一起承受雨水，有他分享阳光，

有他一起守着屋室，有他共赴野外猎场？

安德里亚：

为什么不能有？这有什么值得惊奇？

这整个永恒的自然不都只是
一个象征，喻示我们灵魂中波动的情绪？
我们在它之中寻觅的不就是我们的印记？
一切对我们而言不都是比喻之井，
映照我们自己，我们的苦痛与欢欣？
把弯刀拿在手中
你在这儿，我的弯刀，你是我明亮的愤怒！
指向管风琴
这里立着泉源，涌出我的梦，难以计数！
维斯帕希雅诺爵士是我寻衅好斗的脾性，
而莫西卡……莫西卡是我的虚荣心！

红衣主教：

恕我冒昧问一句，那我又是何物？

安德里亚：

你，主教尊长，是我的安适满足！
你让我能尽情享用桌上的美味：
你让我看到鲜梨如何成熟丰美；
借你的眼我才看到松露的召唤；
你教我在饮酒时沉思，在思考中沉酣！

洛伦佐我要呼叫，当弯刀铮铮拍敲，

当暴风鼓起船帆，缆绳在空中呼啸。

哦，阿尔丽特，你还记得那一夜的旧事：

我们为了一个赌随暴风雨飞驰……

没有任何光射下……只有闪电的惊颤

让我看见礁石、白色的飞沫和桅杆。

阿尔丽特：

手臂朝后甩，双眼半闭，站立着

我闭上了眼……但却温暖而稳靠，

在你的胸上……有你的手臂将我环绕。

安德里亚：

快速地

那不是我，是洛伦佐的手臂抱着你！

我坐在船舵边。

阿尔丽特：

陷入了回忆，没有真正听他说话，点着头

我觉得仿佛是在梦里。

我什么都不想，时间和空间都已坠落入海，

我只看到面前那人，遥远又苍白……

一切都变得模糊……那掌舵的人，

洛伦佐……他的脸在我眼里显得陌生……

我几乎认不出来……我不觉得冷……也不慌恐，

我只感觉到了手臂，把我揽在怀中……

然后我便睡去了……

安德里亚：

格外大声

那不是洛伦佐！

怀疑地朝她走去

是我坐在船舵边。

非常轻地

是我……我脸色苍白……

是我，我让你觉得那么遥远……那么陌生……那么无奈……

当我驶进海港把我们都救出海水，

你在洛伦佐的怀里已经入了睡。

贴近了她

你已经忘记了吗？还是你从来就不知道真相？

他拽住她的手臂，仔细察看她。然后他突然转身离开了她，迈着有力的步子走向门口。

第八场

克巴奇奥上，稍后梵塔奇欧上，其他人如前场。

克巴奇奥：

匆匆从中门上。他面朝坐在左侧的阿尔丽特和红衣主教。

活泼地

圣母啊，听我说，安德里亚！主教大人！

你们刚刚错过了一场好戏，精彩绝伦！

兴致勃勃地挤眉弄眼，稍后竭尽全力，绘声绘色地演说起来

这出滑稽闹剧让人真是做梦都想不到！

我们往下走，那大门口却哄哄闹闹地

挤了一大堆平民，情绪激昂，齐声呼号。

正中间一个男人，看上去是在传播教义：

众人发出了哀叹，他们又是呻吟又是哭泣，

又有一阵尖叫传出，女人们唱起了诗篇，

传道士瘦削的身形在烟雾缭绕中卓然凸显……

红衣主教：

一个异教徒，一个叛乱的野游狂夫！

克巴奇奥：

是个异教徒，尊贵的阁下，一个鞭笞派信徒。

这时有人从那一团人群中脱离出来，跪倒在地，

用沙哑的假声嗓音开始声讨自己，

称自己是一条狗，一只身上长癣的兽类

尖叫着坦白自己的罪孽作为忏悔。

另一个人也走到近前，一个肥胖的老头，

气喘吁吁，默默无声地发出祷告祈求，

双膝着地，从一人移动到另一人面前……

第三个发着悲叹扑倒在他旁边，

就连我们，虽然下流招人厌弃，

看了这情景也不由得心生恐惧……

安德里亚来回走着，漫不经心地听着，时不时地审视着阿尔丽特。

克巴奇奥：

然后又出来一个妇人，受了刑一般高喊，
她让自己蒙受了耻辱，将忠贞的誓言背叛……
这疯魔了的人潮翻滚得越来越高，
一个无缘无故就被另一个拖拽推摇，
越来越多的人要揭发自我，
报出他们暗藏的最深的罪过：
扭曲、疯癫、臃肿，不成模样，
整一个受魔力驱动的酒神节狂欢！

安德里亚：

对慢慢走到屋子中间的梵塔奇欧说
你也看到了那些景象，也同他一样受到震动？

下面的话是梵塔奇欧说给安德里亚听的，两人都站在房间正中，安德里亚显然还在忧心忡忡地窥探阿尔丽特。克巴奇奥往左走到阿尔丽特和红衣主教旁边，看起来还在继续讲述他的见闻：可以看到他模仿那些农民的忏悔和祈祷。

梵塔奇欧：

我心里涌起了思绪，因满含识见而沉重。

我觉得自己仿佛也体验了神圣，

仿佛我们每日里说的那些词句，

突然发出亮光直冲进我们的灵魂，

平凡之物从话语中冉冉上升

它们的意义乍然鲜明，向我们现出真身！

他发觉安德里亚没怎么用心听，便停了下来。

安德里亚：

继续说。

梵塔奇欧：

我们四周依然是半暗的深夜笼罩。

我们总是在珍珠上漫步，灰尘遮住它们的样貌，

直到偶然的光束到来，才催它们放出光辉，

大多数人都在生命中穿行，熬尽年岁，

是蔑视当下此刻的一个贫血族类，

幽灵一般在各类人群之中漫游飘浮，

所有色彩炽热而强烈的闪耀都留不住，

所有风暴神圣而浩大的惊惧都是过路，

如此走去，充耳不闻，视若无睹，
过完一生却无意义，恍然迷失：
绝少接近他们所称的恩赐，
那神圣的，那真实的认知，
在宏大知识与伟大艺术中
我们极力追求的最高灵通。
神圣与纯洁让他们拥有福乐
正如万物合一的生命予我们所得。

莫西卡：

朝门里喊道

噢，你们过来，圣母啊，快，他们正要
路过花园门外，赶紧过来瞧一瞧。

红衣主教：

倚在克巴奇奥身上

来吧，阿尔丽特！

安德里亚：

给了阿尔丽特一个质疑的眼神之后

走吧，我跟在后面，马上就到！

第九场

安德里亚、梵塔奇欧上。

阿尔丽特、红衣主教、莫西卡、克巴奇奥和其他人在露台上，可以让观众看到。

安德里亚：

当梵塔奇欧转向花园之际，吞吞吐吐地说

梵塔奇欧，留步，我的朋友：你要说给我听

原原本本讲述，我尽力试着问出的事情。

你说，在你的艺术中你曾经有过一种经历，

语速减慢，斟词酌句

我们每日里说的某些词句，

突然发出亮光，冲入我们的灵魂里，

那些平凡之物被它们托举

它们的意义乍然鲜明，焕发出生机？

梵塔奇欧：

正是如此。不过这机缘我们可遇不可求。

安德里亚：

同上

这并非我所指。会不会出现这样的情形，
我们忽然之间又重新看到旧日光景？
有没有可能，我们如同少年老成的孩童，
睁眼凝望却看不见我们自己的真面容，
吹嘘着偷自他人的失望之感
事后，只是事后才用真实的痛苦来补偿！

梵塔奇欧：

这样的情形也不能强求，我们所称的经验，
大多都是在别人身上才能瞧见。

安德里亚：

所以只能寄希望于偶然的机缘，
等它如闪电乍现，突然可将一切看穿？

梵塔奇欧：

我们应该听任偶然的摆布，
因为我们永远无法把握其中缘故！
也因为偶然让我们受益，将我们滋养，
是偶然，我们所持有的都不过是偶然！

安德里亚：

压低声音

哦，那闪电，让我看到如今的她正和昔日一般
在船中……在风暴中……依靠在他胸膛，
而这额头现在……洞察一切，却又低垂……
什么是有意之举，什么才是无意中的际会？
拥有自我意识的仅仅是那个瞬间，
往前不能预知，事后更无法洞见！
每个人都被瞬间所奴役，
只是现在、今日、此地才有意义！
对我是如此……对她也丝毫没错，
多奇怪，这一点，我发现，我还从未想过……
停顿
你难道还猜不到是什么在折磨我？

梵塔奇欧：

有所顾惜，但显然知情
你想要相信，而信任却已失落：
你受着一个虚假的恐惧的束缚；
我们不想去看已消亡的事物：
它那么熟悉，温柔可亲，陪伴我们许久，
一旦不再归我们所有，坟墓便让我们羡慕。

安德里亚：

熟悉而温柔可亲，伴我们许久之物……
它让人习以为常，而谎言也是这般，
亲切地假装出温柔熟悉的模样。
这是一个公式，出自我的感悟：
一只眼，当它已习惯的柔软绷带解除，
现实便光亮刺目，直冲它来，
今日无遮无蔽，昨日丧尽粉黛！
剥除了外衣的本质，任痛苦欺压，
被亮光所困扰，受每个声响惊吓！
哦，只愿那变换更替的强烈情绪
尽快到来，让我在催迫中恢复元气！
神经紧张而痛苦地
到那时我们便不必再见到另一人，
不必去感觉，他那宁静的人生……
当我们自己心中的情感走到了尽头
当我们的灵魂轻柔而痛苦地颤动……
届时我们将再也听不了彼人话音，
一个微笑都能让我们深感烦忧和痛心。

只有结束，只有迅速结束

才可遏止这样的转折带来的愁苦！

阿尔丽特：

在门槛上犹豫，随后走了进来

你没有随我们出来，那我便进屋来瞧瞧。

安德里亚：

梵塔奇欧，抱歉，让我俩单独聊一聊。

他招呼阿尔丽特坐下。

第十场

安德里亚、阿尔丽特。

他慢慢地来回踱步。最后在她面前立定。他轻声地说起来，极力压抑住心中的急切。

安德里亚：

我知道，阿尔丽特，你欺骗了我，

像个妓女那样，怯懦，难以言说。

几乎可笑，又让人觉得可怜卑弱！

停顿

这里有过的那些，日复一日，庸常之事，
我倒情愿施舍给它乏味无色的本质，
让它拥有我理解不了的单调……
我只是想明白，我只想弄懂其中的奥妙。

停顿

刻意做出轻蔑状

我现在这么难受，错不在你身上，
不是你引起了这整个愚蠢的癫狂……
没有理由让我对你这么恼怒……
你可以那么做，你不曾让我痛苦！

停顿之后，越来越激动

你不用隐藏，也不用凄凄切切，
你只是应该告诉我……告诉我……一切：
只有一样，我恐怕永远也无法理解：
为什么你选的是他，为什么偏偏……

阿尔丽特：

别再说下去了，一切我都愿坦白直言。

安德里亚：

后退

别说出口！我觉得我无法承受。
我觉得现在不是听你告白的时候。
我心里已经清楚。不可以遭到扰乱。
否则我必会殴打你，必会发出叫喊，
热血会引诱我，我会被蒙蔽……不，不，不！
那会是虚假，是谎言，是自欺的迷雾
罩住我的感受，冰冷清晰而精明世故。

停顿

语气凶狠又充满痛苦

可我的思想已经被灌满
满满的都是你欺骗我这一真相，
你的实质将在我眼前重新显露，
变得更美，供我品尝甜味与痛楚。
今日如此折磨我的沉沉苦痛，
将变成回忆中的一种乐事。
那上千个时辰，我不曾心旌动摇，
任你的手臂哄骗地将我缠绕，

将来我却会臆想我当时颤抖个不停，

知情的泪、恻隐的泪美化了那情景。

现在说吧：我已洞明这一道理

将人分开的遥远是多么无边无际！

我们的灵魂在思考中是多么可怕的孤寂！

说吧，你能说出口的，不会将我打击。

说，第一次是何时，怎样到的那一步，

是你向他投怀送抱，还是他将你征服。

阿尔丽特：

第一次？根本就没有第二次。

仅仅只是昨日……

安德里亚：

几乎叫起来

昨日！

阿尔丽特：

挣扎

放开我！

安德里亚：

我要你说！

阿尔丽特：

就连我自己

都不清楚。可是别再让我受这番苦，

让我走，远远离开你。

安德里亚：

我要你接着讲述。

阿尔丽特：

现在又是什么让你这么神情恍惚……

我害怕。

安德里亚：

压低声音

哦，这真让我愤怒。

就在昨日？我还能感到昨日的气息

和它的黄昏里那湿润、柔软的沉郁。

格外激动，弯腰压向她

就在这。在这！在我离开的时候。是这儿，承认吧！

当时的花园沉入蓝色的芬芳下……

丁香花束放射出光华，微微颤动

井水簌簌作响，蝴蝶飘浮在空中……

阿尔丽特：

寻找着

正是那样，我独自一人……花园……和这住宅，

那时多不一样……那时的景象真不像现在。

安德里亚：

从天空涌来一阵猛风，驰掠而过，

黄昏的气息在茉莉花中翻拨

吹低了正做着酣梦的花朵。

阿尔丽特：

这些都没说错。可我还是不明白其中奥秘。

它如今那么陌生，那么遥远，远得不可思议。

对，你所说的，的确发生过，可不仅如此。

其中肯定还有更多，比这多得多的含义。

那是我今天怎么也找不到的事物，

是我今天无法探究的魔术。

你问得越多，它便只会变得黯淡，更黯淡，

似乎有个深渊将我与昨日分隔在两岸，

我在自己面前都变得陌生……

以手遮脸

我理解不了的，别让我说出它的名称！
原谅我，忘了那个昨日，让我留下，
让深夜流逝，让白昼生灭转化。

安德里亚：

平静而严肃

这个昨日与你的存在已经合为一体，
你不能将它抹去，也不能忘记：
我们只要知道那过去，它便成了现在。
我必须每天都把它揽入胸怀，
我会从你头发的香味里吸入它！
而今日——昨日只是空洞的一句话。
事情一旦发生，便会永远在此驻扎。

停顿

带着刻意装出的冷静

我们会平静地分离
也会平静地重聚。
你曾欺骗过我，将我的爱辜负，
这也留不下多少痛苦。
可有一样我永远不会原谅：

你摧毁了温暖而光明的表象，

它曾为我照耀消失了的时光。

猛然爆发

可你却让这时光变得如此不堪！

他挥手让她走。她慢慢穿过右侧门下。他久久地望着她的背影。他的声音颤抖，在夺眶而出的眼泪中挣扎。

我很能理解这些不忠的女人……

理解得如此深，仿佛都能看透她们的灵魂

在她们眼中我看到了那自我放纵的乐趣，

要在从未享受过的、被禁止的欢情中战栗……

乐于游戏，乐于全身投入的欢快，

乐于赢取并沉醉，乐于欺骗和伤害……

我看到了她们的微笑和

顿住

那蠢物，那些眼泪，

那谜一般的寻觅，那不止不息的渴慕追随……

我感受得到，她们如何匆匆做出愚蠢的决定，

她们如何闭上眼睛，如何注定要受苦伤心，

她们如何为了每一个今日将每一个昨日埋葬，

却并不明白她们已经制造了死亡。

他的声音在呜咽中渐渐停息。

幕落。

提香之死

戏剧断章一则

为悼念阿诺尔德·伯克林[1]逝世
在慕尼黑上演

1 阿诺尔德·伯克林（Arnold Böcklin）：瑞士著名画家、雕塑家，作品有象征主义风格，1901年去世。霍夫曼斯塔尔原本在1892年写出过《提香之死》的未完成草稿，为纪念伯克林而续写了这个剧本。

出场人物：

报序幕者

菲利波·泼姆坡尼奥·斐翠罗，被称为提香内罗，大师的儿子

吉奥孔多

德西德里奥

嘉尼诺，16岁，十分俊美

巴蒂斯塔

安东尼奥

帕里斯

侍童

拉维尼亚，大师的一个女儿

卡珊德拉

丽莎

1576年，提香逝世，时年99岁。

幕布，一张哥白林双面挂毯，已经落下。在台口的一根柱子上立着伯克林的半身像；柱下是盛有花朵和带花枝条的花篮。

在交响乐进行到最后一小节时，报序幕者上，为他持火炬者随其后上。

报序幕者是一男青年；他按威尼斯风格装扮，全身黑色，悼念亡人。

报序幕者：

音乐，现在且停息！现在，是属于我的段落，
而我想要哀诉，因为我有权这么做！
那青春的时光尚有琼浆奔流
在我的体内；而他，他的雕像向我俯瞰，
他是我的灵魂如此挚爱的朋友！
而这良友我格外渴求，
因为这个时代阴霾已经太多。
如同那天鹅，那泳姿喜悦的灵兽，
从娜雅得[1]仙女滴水的洁白双手中

1　娜雅得（Najade）：希腊神话中掌管溪流河湖的仙女。

吻取它的食粮，我也俯身低向
他的双手，在那些沉暗的时光
取我灵魂的食粮：深邃的梦幻。
我只用树枝与花朵将你的雕像装扮？
而你已为我装扮了这世界的图像，
并且让所有悦人的满枝繁花
再添如此的一种光华，
让我沉醉地扑向大地，
欢呼着感受她如何在我面前
褪去了衣衫，那光彩流溢的自然！

且听我说，朋友！我不愿做出
传令官的模样，让他们将你的名
在这四墙内呼喊，好似国王驾崩了一般：
一位国王将他的名誉留予继承人，
让他的名字回响在墓前碑石上。
而你曾是如此伟大的一位巫师，
你的可见造物曾远传四方，而我不知道，
在此处彼方你的造物是否都保存依然，

它们是否以隐秘的不息力量，
睁着暗色眼睛从深夜的河流里
升起浮向河岸——或者耸起那披毛的耳朵
在常青藤之后聆听，因此我决不愿
相信，我会在何处孤身一人，
只要那里尚有树木或花朵，甚至只要有
沉默不语的岩石和几抹
天空后的微云；随时都会有某物，
如艾丽尔[1]一般透明，从我的背后
翩翩而至，因为我知道：你与
某些生灵以神秘的方式缔结了
一种盟约，是啊！那春天的河谷，
且看，她对你如此欢笑盈盈，
如同一个女子将深夜合欢的情人相迎！

我原想为你哀诉；而我的嘴
却为那沉醉且欢欣的词所胀满：

1　艾丽尔（Ariel）：莎士比亚的《暴风雨》中的空气精灵。

因此我不宜在此多留，
我想用这木杖在地面敲击三次，
然后向这帐里填入梦幻般的形象。
我会让它们将过重的悲伤
负载，以致它们步履蹒跚，
愿每个人由此而哭泣并感知
在我们的所有行动中都掺入了多么深重的
哀痛。
愿你们从一场戏中
看到那忧惧沉暗的时刻的镜像，
卓越大师那满怀哀伤的嘉奖，
现在且从那幻影般的嘴中获取！

他下，为他持火炬者随其后下。
台口沉入黑暗中。交响乐重新奏响。
雕像消失。
随后响了三声木杖敲地的声音。
哥白林双面挂毯分开，场景显示出来。

场景设在提香位于威尼斯附近的别墅的露台上。露台后缘是一破损的石制斜坡，由斜坡向上可以看到远方松树与白杨的树冠。左边靠后有一（不可见的）阶梯通向花园；阶梯与斜坡交界处点缀着两个大理石花瓶。露台的左侧陡然向下朝向花园。这里有常青藤和玫瑰花枝攀缘在斜坡上，与花园的高灌木和逸出的枝条构成了一片无从穿透的树丛。

右边呈扇形的阶梯填满向后的角落，阶梯通往一个敞开的阳台。从这里可以穿过挂帘子的门进入屋内。屋子的外墙爬满葡萄藤与玫瑰枝，装饰有半身像，窗台上有花瓶，瓶中溢出攀缘植物。这面墙占满右侧的舞台。

晚夏正午时分。在斜坡四周阶梯的软席和地毯上坐着德西德里奥、安东尼奥、巴蒂斯塔和帕里斯。所有人都沉默着，有风轻拂着门帘。过了不久，提香内罗和嘉尼诺从右侧门口上。德西德里奥、安东尼奥、巴蒂斯塔和帕里斯忧心忡忡，带着疑问神情迎上来，紧紧围住他们。短暂停顿后：

帕里斯：

不好吗？

嘉尼诺：

哽咽着

很糟糕。

对泪如雨下的提香内罗

我可怜的亲爱的皮波！

巴蒂斯塔：

他还睡着？

嘉尼诺：

不，他醒着，陷入了幻想

并且急着要了画架。

安东尼奥：

可是

不可以把画架给他，不是吗，不可以？

嘉尼诺：

可以的，医生说了，我们不得违逆他

他想要什么，就把什么送到他的手上。

提香内罗：

猛然地

今天或者明天就会是大限之日了！

嘉尼诺：

他不可以再，他说，对我们隐瞒了……

帕里斯：

不，死，大师不可以死！

医生在撒谎，他不知道他在说什么。

德西德里奥：

提香要死了，那创造生命的人！

谁还能有权利、有力量享有生命？

巴蒂斯塔：

可是他自己难道不知道，他自己的状况如何？

提香内罗：

带着高烧，他画着那幅新画，

急促，几乎无暇呼吸，疯狂，令人害怕；

女孩们在他身边，必须原地站立，

他却勒令我们从房间里离去。

安东尼奥：

他还能画？他还有这力量？

提香内罗：

他凭着一股令人难解的狂热，

那是我在他作画时从未见过的激情，
受一种煎熬人的强力推行——

一个侍童从右边门出，其后是若干仆人；所有的人为之一惊。

提香内罗、嘉尼诺、帕里斯：

出了什么事？

侍童：

没什么，没什么。是大师命令
我们将那些画取出花园的大厅。

提香内罗：

他想做什么？

侍童：

他说，他必须看看它们……
“将那些陈旧的、单薄的、苍白的，
与他新画的做个比较……
格外沉重之物他现在已然明了，
他有了新的无可比拟的解悟，

即至此之前他不过是个贫弱庸碌的画徒……”

要按他说的做吗？

提香内罗：

走吧，走吧，加快脚步！

你们耽搁的每个片刻都会加重他的痛苦。

仆人们在他们说话时已经走到了舞台另一边，在阶梯处侍童赶上了他们。提香内罗踮着脚尖，撩起门帘，轻轻地走了进去。其他人不安地来回走。

安东尼奥：

压低嗓音

多么可怕，这最后的形状，让人黯然无言……

那神明一般的大师，吐词咿呀，令人悲怜……

嘉尼诺：

早些时候他说出的话已经让我不得其解，

那时他以号令的姿态伸展开苍白的手……

随后睁大双眼看着我们，

高声喊出：“伟大的潘神不朽。”

凡此种种，让我觉得，似乎他的执着
是要将正在消逝的珍宝描摹，
让它们在强大非凡的定式中驻留，
是向自己证明，他曾拥有生命，
他使用的语词强烈，话音颤抖。

提香内罗：

现在他恢复了平静，他苍白的面容
焕发出光彩，他片刻不停，画了又画。
在他的双眼中闪现出祥和的光亮。
他与女孩们自在闲聊，一如往常。

安东尼奥：

那就让我们在这石阶上躺下，
抱着希望直到他下一次病情恶化。

他们在石阶上躺下。提香内罗把玩着嘉尼诺的头发，双眼半闭。

巴蒂斯塔：

半是自言自语

病情恶化……然后最恶劣的时刻终究会到……哦，不。

当最恶劣的时刻到来，也便是无法再恶化之时，

再没有死气沉沉、耳聋迟钝、枯索无味的继续……

在今天仿佛还是遥不可及、难以想象的事……

而明天就会在眼前变为现实。

停顿

嘉尼诺：

我觉得很困。

帕里斯：

是因为这空气，这闷热的空气，还有这南方熏温。

提香内罗：

微笑着

这可怜的人儿一整夜都醒着未睡！

嘉尼诺：

用手臂撑起头

是啊，你……这是第一次我整夜都失眠。

可是你怎么会知道？

提香内罗：

是我感觉到的呵，

起初你平静的呼吸就在我的近旁，

随后你起身坐到了台阶上……

嘉尼诺：

我感到，这蓝色的夜，这呼吸着的夜，

被一声谜一般的呼喊穿透。

大自然中无一处有安歇。

她呼吸深深，嘴唇湿润，

如此躺着，听入广大的沉幽，

听取隐秘之物的行踪。

点点渗漏，簌簌飘落，是星光洒投

抛下给柔软并清醒着的田野。

所有果实，血浆沉坠，丰熟鼓胀

当着黄色的月和它的清辉满满，

所有花朵随它的移动灿然流光。

沉重的和谐就此苏醒明畅。

当云影匆匆飘掠之际，

似有温柔、赤裸的步履响起……

我轻轻起身——我本依偎在你怀里——

他一边讲述一边站立起来，朝提香内罗欠欠身子

此时一个甜美的声响穿过夜往此地飘行，
让人觉得仿佛听到了笛子轻声低吟，
沉思着用大理石质地的手摆弄这笛子的，
是牧神法恩，他戴着黑色桂冠伫立
就在近旁，靠着夜色笼罩的紫罗兰花圃。
我看到他伫立，悄无声息，大理石的光闪烁；
在他周围，在银蓝色的湿气氤氲之所，
在绽开的石榴晃荡之处
我清晰地看到许多蜜蜂飞舞
还有许多降落在那片红色上，酣然吮吸
醉于深夜的香和成熟的浆汁。
而这黑暗呼吸的气息轻柔，
载来花园的香气环绕我的额头，
于我而言，这便如同一件
柔软的、起伏的衣衫滑过，
如同一只温热的手触碰了我。
在白色的、丝绸般白色的成段月光里
因情爱而狂的蚊虫飞舞密集，
在水塘上正铺开一片白色光华

戏水簌簌，流光烁烁，起伏上下。
我如今还是不知道，那是天鹅几只，
还是出浴的娜雅得仙女白色的肌体，
仿佛是女子头发的甜美香味
混合了芦荟的清香……
如提琴乐音一般的玫瑰红声响，
交织了寂寂沉默与汲汲渴望，
井水汩汩有声，金合欢绰约，
轻轻洒落繁花之雪，
此间一切，在我感觉中汇聚合一：
化为一强大超绝的浓重华丽，
感官为之静默木然，言词失去意义。

安东尼奥：

这让人忌妒的少年，他还可有此体验
这一些物象他居然编进了黑暗中间！

嘉尼诺：

我半是梦游地走到了另一边，
在那里看得到城市，看她如何在下方安眠，
她喃喃低语着蜷缩进了灯火阑珊的衣裳，

那是月亮为她的安睡做成，伴以潮流波浪。
夜风时不时吹来她的嗫嚅低吟，
幽灵般轻盈，渐次消散的轻微语音，
奇异得让人忧郁，引人入迷又令人胆寒。
这声音我常常听到，却从未多想……
可当时却蓦然间感受了许多：
我预感这石头般寂静的沉默，
藏有被夜的蓝色洪流推送到高处
并涌动着红色血液的巴克科斯狂舞，
在城中屋顶周围我看见磷火闪烁，
神秘之物的反光悠游穿梭。
忽然之间我在一阵眩晕中顿悟：
这城市或许在睡：其中却醒着狂放、痛苦、
怨恨、灵、血：生命醒着。
这生命，生机灵动，无所不能——
人尽可拥有它却又忘记有它在身！……
他停了片刻
这一切都让我觉得这么的困：

这一夜之间竟有这么多感念发生。

德西德里奥：

在舞台前沿，朝嘉尼诺说

你看到城市了吗，看到它现在横陈其下的样貌？

裹着一层香气和金色暮光的外套

还有泛出粉色的淡黄与淡灰，

脚边有黑色阴影的蓝色相随，

带着诱人之美，由氤氲湿气渲染得纯洁窈窕？

只不过在这香气中，纵然它蕴含预感，

却栖居着丑陋和卑劣不堪，

在那里与兽类比邻而居的是癫狂；

遥望的距离为你巧妙遮掩住

让人厌恶、阴暗又乏味之处，

其中尽是认不出美的群类

他们称呼自己的世界却用我们的词汇……

因为我们的欢乐与我们的苦痛

只剩用词与他们的苦乐相同……

当我们陷入酣眠，沉睡不起，

我们的睡眠与他们的也不可比拟：

这里睡着紫色的繁花，金色的蛇，
这里睡着一座山，山中的提坦巨神大锤挥舞——
可他们睡的那模样，好比牡蛎迷迷糊糊。

安东尼奥：

站起了一半

所以这一圈栏杆，高耸，颀长，
围住了大师让人建造的花园，
所以隔了这花开繁茂的藤蔓
对外界就应猜度多于观望。

帕里斯：

也直起半身

这是道路交缠教与我们的真谛。

巴蒂斯塔：

也直起半身

这是设立背景的伟大艺术
是可疑的灯火包含的秘密。

提香内罗：

闭着双眼

正是它，让消散近半的声响这么美，

显得这么美，那已故诗人的幽暗词汇
还有我们正舍弃的一切物类。

帕里斯：

这是魔力，由已然坠落的时日托举
是涌出无边无际的美的源泉，
因为我们正是在习以为常之际，窒息。

所有人都沉默了。提香内罗兀自一个人轻声哭泣。

嘉尼诺：

讨好地

你可不能这么不受宽慰地陷落其间，
不要无休无止就挂念这一件。

提香内罗：

悲伤地微笑着

就好像痛苦可换作另一样吗？
而不是这非想不可的永恒折磨，
直到最后它褪尽色彩变虚空……
不如就放任我将这想念翻弄，

因为从所受苦难，从所享欢乐中，
我早就拂落了那件彩色的衣裳，
它本是无拘无束的洒脱围绕苦乐织就，
而我偏偏就是忘了如何去感受。

停顿

嘉尼诺侧卧在台阶上，头枕着一只胳膊，又打起了盹。

帕里斯：

吉奥孔多到哪儿去了？

提香内罗：

在破晓之前好久
——你们都还睡着——他就悄悄溜出了园门口，
苍白的额头上印着爱之忧虑的吻痕
唇上有忌妒的话语忿忿……

侍童扛着两幅画走过舞台：花丛中的维纳斯和盛大的巴克科斯宴饮。学徒们站起身静候，等着画像被抬过去，他们低垂着头，贝雷帽拿在手中。

过了片刻，所有人还站着。

德西德里奥：

谁还可在他之后活，这艺术家与活力丰沛之人，
心智上崇高伟岸，万物都由他驯顺，
品性单纯却有智慧，赤子般纯真无瑕？

安东尼奥：

有谁，可满心欢喜地领受他的授业圣仪？

巴蒂斯塔：

有谁，在他的学识前不会胆怯畏惧？

帕里斯：

可有谁愿告诉我们，我们可算是艺术家？

提香内罗：

他让悄无动静的森林生机焕发：
在棕色池塘散布而水声淙淙之处
当常青藤的枝蔓紧偎着山毛榉树，
他将诸神安插进此间的虚无：
画出萨图恩，画它举起许林克斯啸鸣，

直至万物都情欲亢奋而胀挺
牧羊郎都去与牧羊女共享欢情……

巴蒂斯塔：

他为飘浮而过的云，它们本无实质，
一一赋予意义：
那浅淡的白云丝巾般的绵延
演化为一份浅淡的甜蜜欲念；
那镶金边的威猛乌云翻涌起伏
而圆形灰云欢笑着聚成一簇，
还有绯红的银色云朵掠过黄昏：
它们因他而有了意义，有了灵魂。
他画礁岩，苍白、光秃、赤裸，
画绿色波涛中喷涌而出的白色泡沫，
画悄无动静的梦里黑色的小树林
和被闪电击中的橡树的悲哀情形，
既从中造出可让我们懂得的人性，
又教我们见识大自然的精灵。

帕里斯：

他将我们从半晦半明的夜里唤醒

让我们的灵魂变得光亮而丰盈：
他指点我们品赏每日里流水远逝
潮涨潮去，只当看取一出戏，
领会所有形式蕴含的美
自己的人生也要瞩目相对。
女人和花朵和波浪
丝绸、黄金和彩石的光
高高矗立的桥和春天的山谷
水晶质地的泉水边金发的宁芙，
每个人梦中都爱遇见的一切，
我们醒时身边环绕的美妙世界：
都已先在他的灵魂穿行一番，
然后才领取他宏大的美加以发扬。

安东尼奥：

多么颀秀的美呵，这轮舞妙曼，
多么五彩缤纷的面具环饰呵，这火炬之光，
那酣然安睡着的，是怎样的灵魂，
是怎样的音乐悠扬，合着节拍摇荡它们，
是怎样的明镜，映照那位少女

是怎样的白日，光耀繁花，明媚温煦：
是一只眼，是一个和谐元素，
唯有在它之中美才认出自己……
它在自己本质的光辉中映现自然。
“唤醒我们，把我们造成一场巴克科斯狂欢！”
一切有生之物在呼唤，对它充满渴望
默默朝它的目光将自己舒展。

安东尼奥这么说着的时候，三个女孩儿蹑手蹑脚地从门中出来，站住倾听他说话。只有心不在焉、不为所动地站在右侧的提香内罗看似发现了她们。拉维尼亚的一头金发用金色网格箍住，身上穿着威尼斯城市贵族才有的华贵长裙。卡珊德拉和丽莎，分别是大约十九岁、十七岁，两人都穿着用紧贴身上又轻盈飘荡的白色布料做成的简式长袍；赤裸的上臂戴着蛇状金镯；脚上的凉鞋，腰间的腰带都是金色材料制成。卡珊德拉头发为淡金色，丽莎为黑发，发间别着一朵金玫瑰花苞。她身上有些东西显出一种男孩气质，就像嘉尼诺身上有些女孩气质那样。

在她们身后有一个侍童从门中进来，托着饰有凸纹的银质酒罐和酒杯。

安东尼奥：

让那远方的树木也于我们可亲，
它们正做着好梦，在彼处晚风中亭亭……

帕里斯：

当蓝色海湾中白帆竞相飞渡
让我们看到美在其中现出……

提香内罗：

朝女孩们点点头作为招呼，对她们说——其他人都转过身去

让我们感受你们头发的香味与光彩
你们如轻薄象牙般的形态，
还有软软围系你们的黄金腰带，
如同感受音乐，感受一份幸福到来——
正是如此：他教会我们看这些事物……

语气愤恨

而这，山下那边的人永不会领悟！

德西德里奥：

对女孩儿们说

他独自一人待着？不该有人去他身边？

拉维尼亚：

你们都留在这儿。他现在谁都不想见。

提香内罗：

噢，万一现在死神降临于他，温柔俯身而下，

就着这美丽的迷醉，一语不发！

嘉尼诺醒来了，在提香内罗说最后几个词时站起身来。他现在脸色极为苍白。他畏怯地将其他人一个个看过去。

所有的人都沉默。

嘉尼诺朝提香内罗走近一步。然后停下，浑身颤抖；突然间，他扑到独自站在前端的拉维尼亚面前，将头靠在她的膝盖上。

嘉尼诺：

死亡！拉维尼亚，我满心惊恐！

我从未这么接近死亡！我将永远
永远忘不掉，我们都将死去！
我往后只会在一边无声伫立，
看他人欢笑，自己却目光呆滞
想着：我们所有人都必将死去！
我曾经看到：他们唱着歌
带来一人，他注定要死。
他步履蹒跚而去，看到了所有人，
看到树木在微风中
摇晃甜美的遮阴树枝。
拉维尼亚，我们在走这条路！
拉维尼亚，我只睡了一小会儿
在那边台阶上，而第一个词，
我睁开眼听到的，是死亡！
颤抖着
空中降下如此一种黑暗！
拉维尼亚笔直站立，眼睛盯着完全明亮的天空。
她的手抚摸嘉尼诺的头发。

拉维尼亚：

我没有看到黑暗。我看到一只飞蛾

在那边振翅飞舞，在那边一颗星燃亮，
其中一位年迈男人渐入安息。
最后的步子并不造就疲乏，
它让人感到疲乏。

在她说这话之际，她背对着房门，那边有一只看不见的手无声却急剧地拉开了门帘。所有人，提香内罗为首，都一语不发，屏住气息，拾级而上，走到房中去了。

拉维尼亚：

平静地继续往下说，音调越来越高：
向生命问好吧！
那被人生之网所囚的人，他有福了，
深深呼吸，不费脑筋，就这副模样，
为这美丽洪流献出自由的四肢，
他被载着朝美丽河岸……
她突然停住，环顾四周。她明白过来发生了什么事儿，跟着其他人下。

嘉尼诺：

还跪在原地，兀自颤抖着说道：

离去了！

他站起身来，跟随其他人下。

幕落。

愚人与死神

序幕：

在塔楼林立的维也纳古城，
那棱堡散布，侍童、信使穿梭的城，
住着四位诗名高蹈、才华奇伟
却完全不为人知的诗人，
其名为：巴尔达萨、斐兰特、
加里奥托与安德里亚。
巴尔达萨从医；此外他还
会在一架小小的仿造的
立式钢琴上演奏，就着曲谱
弹起甜美的儿歌，
矫情的小步舞曲
或是严肃的教堂赋格。
加里奥托倒是拥有
一套傀儡剧：他会在
朋友前演出傀儡戏，
技巧精湛地牵起拉线，
让木偶演绎宏丽而
极为梦幻的哑剧，

其中有皮耶罗和柯伦班
有阿尔莱辛和斯美拉丁娜[1]
还有许许多多其他人儿
连死神本人也亲自上场
以及天堂里那条蛇。
第三位是斐兰特：
这位有一只美丽的
身材修长、毛色淡黄的猎犬，
名叫米莱奥。最年轻那位
是安德里亚：他的财宝
是一本大而老且厚的
书：《罗马人传奇》[2]，
书中满满都是最美的古老童话
和奇幻的故事，
满满的古典时代逸事

---

1 皮耶罗（Pierrot）、柯伦班（Colombine）、阿尔莱辛（Arlechin）和斯美拉丁娜（Smeraldina）都是意大利即兴喜剧（Commedia dell'arte）中的著名角色。

2《罗马人传奇》（*Gesta Romanorum*）：在中世纪晚期流行于欧洲的一本拉丁语故事集，其中包括了大量古希腊、罗马和亚洲的奇闻逸事。

与亚里士多德式的智慧。
谁若拥有这书，那么《圣经》也好，
山鲁佐德[1]的童话也好，
神圣的传说也好
都不用再读，不用读柏拉图
不用读教会元老，不用读
乔万尼·薄伽丘的寓言，
因为这一切他书中都有，
一切智言，一切蠢事
交汇得缤纷斑斓，格外奇妙。

这四人如今结为好友，
每逢星期日的午后，
趁那春日午后温煦
而光亮满眼，他们
便相聚于一处闲聊。
在一个宁静而蔚蓝的

1 山鲁佐德：《一千零一夜》中负责讲故事的女主人公。

星期日午后则有如此一事，
在巴尔达萨的内室，
他自己和唐·斐兰特
卧在敞开的窗户旁
酣梦半醒，同时那良伴
小狗米莱奥正将头儿
枕在小爪儿上
睡得呼吸低沉。必是
一场噩梦惊扰了它，
因为它正低低怯怯地呻吟，
直到它的主人将它唤醒，
而它便用湿漉漉的大眼睛
感激地看向他。这只
忧郁小兽的这些呻吟
就如同一种陌生强力
吹拂而过。两个友人的
灵魂中那幽暗的琴弦
被触动，在朦胧的
兴奋与惊惧中颤动不已，

从他们灵魂的门槛
升起了那些深邃的梦
带着与生俱来的人生
恐惧。闷热而迷乱的
春风里飞入了他们的
幻想："仿佛我们血管中
奔涌着的沉暗的血
无意义，无可救药，无从把捉，
在一次呼吸之际便可诞出
死亡；仿佛它能将那
最高也最神奇的狂热极乐
赠予，是既往之生
莫大无垠的喜乐，
一切生者都无从领受"……
这幻想变得
愈加黑暗，滋长着残酷，
直到巴尔达萨满怀忧伤
坐在了羽管键琴前
用幽沉的小三和弦

奏出饱满的渴慕与翻腾的痛感
将幻想的重压释放掉。
有沉沉而庄重的声波
幽然炽烈地从窗口
飘浮而出，又闪耀着消散于
圣卡尔教堂[1]穹顶上方的
春日夕照中。

当此之际另两人
正约好了在加里奥托
的房中相晤，
为的是从那里出发
两人同行去巴尔达萨家。
这住宅坐落在沃尔采乐街，
是座古旧而有岩石灰色的
幽暗房子，窗前
配着凸肚状铁栏；

1 圣卡尔教堂：维也纳城中最著名的巴洛克式教堂。

在大门门柱顶端
狄安娜与恩底弥翁[1]在左，
英雄科里奥兰纳斯[2]在右，
（他脚边躺着他的母亲，
那血统格外高贵的妇人），
都是由灰色石头雕成。
这门柱的左右两侧
是窗明几净的小店：
左侧一个园艺匠，一个拿着
美丽古董讨价还价的
犹太商人。在这两家店里
那两个友人总会驻足：
加里奥托站右边：那儿正有
一只象牙制成的兽诱惑地
露齿而笑，来自中国神佛家中犬；

---

1 前文的狄安娜（Diana）为罗马神话中的月亮女神和狩猎女神，对应于希腊神话中的阿尔忒弥斯（Artemis）。恩底弥翁（Endymion）为希腊神话中月亮女神塞勒涅所爱的美少年。

2 科里奥兰纳斯（Coriolanus）：罗马共和国时期曾与罗马市民为敌，攻打罗马城的战士，后因母亲劝说而放弃攻城。

出自多纳泰罗[1]一派之手的
女子青铜雕像也有不小
吸引力而最吸引人的是
大座钟，因一流大师布勒[2]
添了装饰而增色，那表盘
四周有了金属小人儿
环绕移动，做报时的轮舞，
领头的是扛镰刀的萨图恩[3]
带着意味深沉的神情。
此外还有堆积在一处的
形态奇异的兵器，
波斯人的马鞍，摩尔人的匕首，
来自哈勒，满是铁锈的古老斧子，
嵌着金线刺绣的丝绸布匹，

1 多纳泰罗（Donatello）：意大利著名雕塑家。
2 安德列-夏尔·布勒（André-Charles Boulle）：法国十七和十八世纪著名的家具制作师。
3 萨图恩（Saturn）：罗马神话中的农业之神，对应于土星，在中世纪星相学中往往手持镰刀。

迈斯纳[1]出产的瓷器小人儿
和旧得已泛黑的画。
安德里亚则最喜欢
在另一边立定
那里有带耳柄的高罐，
装满红色玫瑰、
罂粟和颀长的火百合，
还有那些碗，碗中上千朵
暗色丝绒质地的紫罗兰
托着熟葡萄，泛出金色暗红，
也有浅浅轻轻的篮筐，
填满丁香和金合欢。
因为星期日的缘故，谁都
不愿禁止自己获得一份
小乐趣。加里奥托
买下一把玲珑小巧的
锋利匕首；蓝色的刀刃

1　迈斯纳（Meißen）：德国萨克森州小镇，1708年开始生产瓷器，产品享誉世界。

是托莱多[1]的钢材，装饰着
《古兰经》的箴言和阿拉贝斯克[2]花纹。
安德里亚则买了玫瑰，
一大捧松松束起、颜色明媚的
粉色玫瑰。这一位将花儿
插在自己腰带上，另一位则
插入了他的武器，转身离开。
但是加里奥托说：
“玫瑰和一把匕首，安德里亚，
是一出戏剧的结局和开端。”
但安德里亚还迟迟没有
作答，因为他寻思着
某只甲虫的名字，它那
金绿色的，闪耀着蓝光的
鞘翅他可以用来与
圣卡尔教堂的穹顶相比，

1 托莱多（Toledo）：西班牙古城。

2 阿拉贝斯克（Arabeske）：有东方色彩的枝蔓花纹图案，盛行于文艺复兴时期。

后者的光辉此刻正投过来，
因为他钟情于比喻。
他们便沉默不语地往前走
走过宁静的星期日街巷，
在这街边黑色的山墙
和巴洛克式的石质阳台上方
悬着春日蓝天，默默不语，
那么明亮，俯首看向此间。
当他们走到离巴尔达萨家
仅仅几步远的地方，
那起起伏伏的幽暗
声波从窗口涌来，
这两位只觉得这声响
仿佛是普遍之美中
最后也最美的一个
不知不觉思念起的音符。
安德里亚便将松散的
玫瑰扔入了这声响的
炽流与颤抖中，扔进了窗，

作为他们到达的信号，
好似一位阔绰的主人让
小小的红色侍童跑到
路上，传达他来临的讯息。
屋中两人还沉浸在
不知起自何处的忧郁中
而另两人的欢笑却已闯入
他们也并不知道
自己为何缘故如此开怀。
但是他们四人都明白，
被轻轻打动的灵魂
正如琴弦上一次小小拨弄
在生活的幽暗之手中……
此时暮色已降下；
在方才还明亮的天空里，
在黑色的屋顶上浮起了
银光灿烂的月亮，
而好狗米莱奥却怀着敌意
立起身来狺狺低鸣而向它

凝望，仿佛一个黑暗妖魔
怀着敌意凝望一朵圣洁
莲花的银色盛放。
红色蜡烛的金色火焰
被这群友人点燃，于是
安德里亚为他们轻声
读起一则短小而别有格调的
死神轮舞的喜剧。

出场人物：

死神

克劳迪奥，一个贵族

他的随身仆人

（以下皆为亡故者）：

克劳迪奥的母亲

克劳迪奥的一个情人

一个他年少时的友人

克劳迪奥的府邸

上个世纪 20 年代的服装

克劳迪奥的书房，装饰是旧帝国的风格。在背景中左右都有大窗。中间是通往阳台的玻璃门。阳台一侧有外挂木梯伸向花园。左侧一扇白色的单页门，右侧同样一扇门，门内是卧室，被一张绿色的天鹅绒帘幕遮住。在左侧窗旁边放着一张书桌，桌前一把扶椅。靠着墙柱摆着装有古董的玻璃盒。右侧墙边是一个暗色雕花的哥特式大箱子；箱子上方挂了古希腊罗马时代的乐器。还有一位意大利名师所做的画像，暗得几乎发黑。壁纸的基本色调是明亮的，几乎呈白色；镶嵌着石膏和黄金装饰。

克劳迪奥：

独自一人

他坐在窗边。夕阳余晖满地。

最后一脉青山也披上了晚照，

盈满霞光的空气如湿润的珐琅将它笼罩，

一圈雪花石膏质地的云环悬挂

在高空，投下灰色的阴影，镶着黄金的边角：

早些时代的大师正是这般描画

云彩，让它们托举圣母马利亚。

山坡上洒落了蓝色的云影，
广阔的山谷中充盈着山影
又蒸腾成草地的浅绿与光辉；
山顶在饱满的余晖中灿烂晶莹。
我的渴望如此移近了那群人，
他们住在广阔山坡上远离众生，
用手采摘的物产是他们
肢体的有益疲乏换来的收成。
狂野的晨风奇妙非凡，
赤脚奔跑过原野的芳香，
唤醒了山民；围绕他们的
是野蜂和神的空气，温热，光亮。
是自然让他们为之忙碌，
他们所有的心愿里都有自然流露，
清新与疲惫的力量交相轮替
印记于他们每一份温暖的幸福。
现在黄金球缓缓移动，它沉落
于最远的海那泛绿的水晶中；
最后一点余光在远树间闪烁，

现在红色烟雾正氤氲，热流涌过，
填满沙滩，那诸多城市坐落的地方。
它们浮出水面，借水仙娜雅得的臂膀
在高大的船中轻晃自己的孩童，
那一族民众，鲁莽，狡黠，出身不凡。
他们滑行于那遥远、奇迹般沉重、
沉默不语的水波，从没被龙骨劈开过的巨洪，
狂野之海的愤怒激荡着他们的心胸，
随即治愈了其中所有的疯癫与苦痛。
我便这么看着真义与福乐在远处铺展
满怀着渴望不停地凝视彼岸，
可当我的目光滑到了近物的近旁，
一切变得单调，让人难堪，郁郁寡欢；
看来我的整个被迟误了的人生，
丧失了的情趣与从未落下的泪水，
都交织在了这窄巷，这房屋的周围，
还有永无意义的寻觅和纷杂的欲念相随。

在窗前伫立

现在他们点燃了家中灯火而由此

在狭窄四壁之内有了一个昏蒙世界，
其中有酣饮沉醉也有涕泪倾泻，
有让一颗心沉迷流连的一切。
他们彼此亲近，心意相通
为了身在远方者忧心忡忡；
若是有谁蒙受了苦难，
他们便会给予安慰……安慰之事我从来就不懂。
他们却懂得说出只言片语，
便足以催人泪下，或引人解颐。
他们不必用鲜血淋淋的手指
在七重钉死的门上叩击。

关于人间生活我能知道多少？
初看起来我当然也置身其间，
可我对它至多只是有所知晓，
从来无法与之交织缠绕。
从不曾忘我地纵身相与。
他人或是付出，或是收取，
我只是旁观而已，内心是生就的沉寂。

从所有怡人的嘴唇里

我从不曾啜饮过真实的生活琼浆，

从不曾被真实的痛苦伤透衷肠，

从未呵，从未独自哽咽着穿街过巷！

每当我从自然的美好馈赠中

获得了一息灵气，一点儿激动，

我格外机警的心智就会来干预，

它不能忘怀，尖声将其名目念诵。

随之便有千百种比照接踵而至，

那亲切，那欢欣顿时没了影踪。

而那痛苦也是！被思想拆得粉碎，

分崩离析，色彩褪尽，榨干成灰！

我还怎会想把它们按在胸前不放，

我还怎能从痛苦中吸取快感：

沉思的翅膀拂过我，我便失去了力量，

痛感被取代，心中充塞着郁闷不快……

吃了一惊

天色已暗。我落进了冥想的囹圄。

是啊，是啊：时间是有一些子女。

可是我已疲倦，真该上床睡一觉。
仆人拿来了一盏灯，随后又退下。
现在这灯光又让我看见
这堆满死物的破烂杂货间，
可我却曾妄想溜进这个藏身之所，
当我怎么也找不到路，无法径直
走入我所渴望的生活。
走到耶稣受难雕像前
在你带着伤口的象牙质脚边，
十字架上的主呵，曾有若干人低伏
用祷告让那些火苗，那甜美之物，
降入心中，引发奇妙的感触，
可当萧索的寒意取代了热流奔涌
它们便消逝在悔恨、恐惧与羞愧中。
走到一幅旧画前
吉奥孔达[1]，你，从美妙的背景里
放出明艳光华，神韵洋溢的身形熠熠生辉，

1 吉奥孔达（Gioconda）：即蒙娜丽莎。

谜一般神秘的嘴严肃而甜美，
因梦而沉重的眼皮精致华贵：
你向我展露的生活本身
不过是我以询问为你织入的那几分。
转身离开，走到一个箱子前
你们这些酒杯呵，你们冰凉的杯沿
也曾有过一些嘴唇陶醉流连，
你们这些古旧的琴，你们发出的鸣响
也让一些心灵感到过最深的震颤
若能被你们的魅力攫取，我什么都愿舍去，
我多么想听任自己心醉神迷！
你们这木质的、年代久远的盾牌，
形式纷繁迭出，让人神志恍惚的图纹华彩。
你们这蟾蜍、天使、格里芬[1]怪兽、法恩[2]淫神，
奇幻的飞鸟，果实累累的金色树藤，
引人入胜又让人恐惧的事物，

---

1 格里芬（Griffin）：欧洲神话传说中鹰头狮身、有翅膀的怪兽。
2 法恩（Faun）：罗马神话中的林牧之神，对应于希腊神话中的潘神，后演化为半人半羊的形象，掌生育淫欲。

你们都曾引发过感触，
是惊颤的、有活力的心绪将你们造成，
如此从浩渺之海里升腾而出，
好似鱼儿入网，你们被形式所俘！
我徒劳地、徒劳地对你们探问追究，
太过于被你们的刺激牵系勾留：
我将你们固执的灵魂一个个，
如同面具般，感受通透，
可生活、心灵与世界依然在云遮雾罩之后。
你们拉住我，成群地谄媚讨巧，将我包围
活脱脱是冷酷无情的哈耳皮埃[1]女魔，吞噬掉
清新的源泉上每一处清新的初开花蕾……
我如此在人工假造之物上茫然迷失，
连观望太阳的双眼也毫无生气
听也只是用死沉沉的双耳去听而已：
我总是拖着谜一般的诅咒在身

1 哈耳皮埃（Harpy）：希腊神话中女首鸟身的怪兽，代表风暴，专门袭击和杀死惹怒宙斯的人。

从不全然自觉，也从不彻底迷蒙，
带着些微的苦痛和寡淡的兴趣
将我的人生当作一本书来读取，
其中一半还未懂，另一半已无法领会，
在书背后才有真义，向有生之物飘飞——
苦我心志者也好，让我开怀者也罢，
我觉得它们从不将自己表达，
不，都只是从未来生命预支了幻象
是一个饱满的存在投下的空洞图样。
我便如此在苦痛和每一次情爱中彷徨
却不过只是和影子来回纠缠，
所有的欲望都耗尽却不曾真正享受欢情，
历经这混沌迷梦，总算挨到了天明。
我转过身来，朝生活望去：
其中的步履匆匆于奔跑无益
胆大果敢却无助于争斗；蒙受不幸
却不会悲伤，幸运之时也不为之欢欣；
无聊的疑问引出无谓的应答；
黑暗的门槛上有错乱的幻梦生发。

而幸福本是一切，是时辰，是风和海浪！
如此让人痛苦的聪慧，如此一种黯然失意
含在疲惫的高傲中，深深编入弃世的断想
我便如此不带哀怨，在这斗室中安身
在这座城市里度尽此生。
人们早已司空见惯不再过问
觉得我也是极为平常一人。

仆人进来，将一碟樱桃放在桌上，然后想将阳台门关上。

克劳迪奥：

让门开着吧……是什么让你如此害怕？

仆人：

尊敬的主人也许不会相信我说的话。

近乎自言自语，带着恐慌

现在他们藏到了园中凉亭里。

克劳迪奥：

是谁？

仆人：

请见谅，我说不出名字。

是一大群可怕的恶棍无赖。

克劳迪奥：

是不是乞丐？

仆人：

我真的不知情。

克劳迪奥：

那就去把

从巷子通向花园的门锁上，

然后回屋睡去，我好一个人清静。

仆人：

正是这让我感到特别害怕。我已经

把花园门拴好，可是……

克劳迪奥：

可是如何？

仆人：

现在他们在花园坐下了。就在长凳上

在砂石做的阿波罗神像立着的地方，

其中几位是在水井边沿，树荫底下，
还有一个是在斯芬克司雕像上坐着。
可是看不见他模样，前面有紫杉树挡着。

克劳迪奥：

都是男的吗？

仆人：

有几个是男的。不过也有女人。
不像是乞丐，他们只是衣着样式陈旧，
就像是铜版画里那般。
那形态真是让人毛骨悚然，
静静坐在那儿，眼睛毫无生气
盯着某人如望向空空的空气，
他们不是人类。尊敬的主人请莫
气恼，只是不论用这世上什么
来交换我都不会想走近他们半步。
只求上帝让他们明早就消失；
我现在——若主人允许——
就去锁紧房门，再用圣水
浇湿门锁。因为我

从未见过这样的人，

这样的眼睛不是人类所有。

克劳迪奥：

你要做什么，尽管去做，晚安。

他若有所思地来回走了几趟。幕后响起了小提琴充满渴望而感人心魄的琴声，起初显得遥远，随后逐渐靠近，最后热烈而饱满，仿佛就是从隔壁传来。

音乐声？

它如此奇异地向着灵魂倾诉！

那人的一派胡言也让我变得神志不清？

我竟以为从没听过人类之手能

奏出如此一种音调的小提琴……

他朝右侧仔细听了一会儿

伴着深深的，似乎渴求已久的惊颤

它以莫大的强力向我袭来；

似乎有着无穷无尽的哀叹，

无穷无尽的希望似乎也在其中蕴含，

仿佛我的生活从古老而沉寂的墙外

如潮水一般，容光焕发，奔涌而来。

像是恋人，像是母亲走到了身边，
像是久已失去的一切重返眼前，
万千思绪都被它掀起，温暖而虔心，
它将我抛入一片青春之海：
还是个男孩的我站在春的光辉中
觉得自己正漂浮起来进入万物的胸怀，
要超越一切界限的无尽渴求
在充满预感的波涛中将我浸透！
随后是漫游的岁月，一路心神恍惚，
偶然之间整个世界明亮夺目，
玫瑰盛开，钟声悠扬，
被陌生的光所鼓舞所照亮：
那时候万物多么饱含生机，
让挚爱着的人触手可及，
而我觉得自己那么精神充沛，心旷神怡，
是巨大的生命之环的一节，满是活力！
那时我也跟随着自己的心去感受
滋养所有心灵的爱之河流，
有一份满足让我之自我变得开阔，

而今日它却连美梦都难以成就。

别停啊，音乐，再多留些时辰，
再让我的内心多些真挚的翻腾：
好让我略作幻想，我的生活本也欢乐温暖，
在这魔法作用下，倒退回去再过一场：
因为所有甜美的火苗，一束接一束
融化了僵硬之物，现在正蹿向高处！
太过古旧、太过纷乱的知识
在这脖颈上堆积成了累赘
现已消退，是最初的良知
发出童真又深挚的声响，将它攫去。
伴着洪亮的钟声，从远方传来
一个前所未闻的生活的预兆，
它有意味无穷的形式，
不论是索取还是给予都强劲明了。

音乐声戛然而止

它消失了，沉默了，这深深震撼我的声音，
我在其中触摸到了合一的神性与人性！
无意中将那奇妙世界送与我的乐手，

也许现在正举着帽子将铜币乞求，

多半是个街头艺人在夜间行走。

靠在右侧窗前

这儿下面没站着他。多么怪异！

去了哪儿？ 我要从其他窗户看出去……

正当他往右侧门走的时候，幕布轻轻拉开，死神站在门口，手中提着小提琴的琴弓，琴身挂在腰带上。他平静地看着克劳迪奥，克劳迪奥吓得直往后退。

无名的惊恐攥紧了我，可多么荒诞！

你的小提琴既然有那么迷人的声响，

为什么看到你本人却让我这样战栗？

喉咙一下子锁紧，头发根根竖立？

走开！你是死神。你到这里来有何贵干？

我害怕。走开！我没法大声叫喊。

身子软了下来

我的支撑，生命的空气都离我而去！

走开！是谁把你叫来？ 走！谁放你进我屋里？

死神：

站起来！把你这遗传的恐惧都抛开！

我没有那么吓人，我不是空有一具骨骸！
是酒神狄奥尼索斯、爱神维纳斯的族人，
在你面前矗立的是一尊伟大的心灵之神。
当温热的夏夜欢宴里一片树叶
飘落过金色的空气，
我吹来的气息已让你战栗，
它如梦一般绕着成熟之物聚集；
当情感的波澜高涨，
用暖流将颤抖的灵魂填满，
当突如其来的全身搐动
让庞然巨兽显出与你相似的模样，
而你，纵身投入巨大的轮舞，
将世界收作了你的附属：
在每一个真正宏大的时刻，
在你的尘世之形为其惊颤之际，
我都触及了你灵魂的根基，
用我神圣而满含奥秘的强力。

克劳迪奥：

够了。我向你致敬，虽然心头沉郁。

稍作停顿

可你到这儿来究竟有何目的？

死神：

我到人间来，朋友，从来只有一个意图！

克劳迪奥：

可我还有一些时日才走到绝路！

要记得：树叶还没往地上飘落，

它还要低垂着吸取它的浆汁！

未尽之事何其多：我还不曾生活过！

死神：

可你，不是和众人一样，也走过了人生之路？

克劳迪奥：

就像是原野上被摘下的花朵

让一阵黑暗的洪水卷走，

年少的时日从我身边滑过，

而我从来不知道，那已是生活。

然后……我站在生活的围栏之外，

为那些奇迹忧伤，被甜蜜的渴望催迫，

唯愿它们让壮丽的风暴挟带

飞到高空，奇妙地砰然绽开。
可事与愿违……我曾一度置身其间，
得不到任何启示，既想不起我自己
也无法思索一切最深的心愿，
受困于一个魔咒，无法挣脱的锁链。
被晨昏微光所迷惑，所摇荡，
郁郁寡欢，最深的内在错乱迷茫，
心儿只剩半颗，感官受着羁绊
每次要全身投入都遭到谜一样的阻障，
我觉得自己的内心从未尽情燃烧，
从未真正在巨浪冲击中飘摇，
从未在我走的路上遇到过主神，
与他搏斗并最终赢得他赐福的荣耀。

死神：

众生皆可得的，不会单单少你一份，
谁都以凡人之身，度过凡尘中的一生。
你们所有人的内心都会涌出忠诚的精魂，
它会往这死物的一片混沌
吹入灵气，让它们互相关联，

用它们造出你们的花园，
供你们施以劳作，收取欢娱和厌倦。
可悲哦，你，这些话非得等我给你讲述！
人总在牵系，也总在牵系中被拴住，
是郁闷而狂乱的时辰造就了生长之路；
曾在睡梦中哭泣，也曾满身疲惫挨着辛苦，
却依旧怀着渴求，欲念累累，心灰不过一半
深深地呼与吸，从生活的催逼中感受温暖……
不过一旦熟透，你们所有人就要落到我手上。

克劳迪奥：

可我还没有成熟，求你让我留在此处。
我再不会蠢话连篇，牢骚满腹，
我要紧紧攥牢大地的泥土，
最深切的生之渴望在我心底高呼。
最高的恐惧将旧有的迷障撕破；
我现在感到——放过我——我便能生活！
这一无边无界的欲求点通了我：
我的心能在尘世之物上系挂不落。
噢，你该看一看，在我眼中他人

将不再是沉默的兽类，不再是木偶之身！

他们的一切都将直达我心，金石有声，

我要奋力进入每一场欢逐与悲困。

我要学会忠诚，那是所有生活的

中流砥柱……我要改变自我，

要让善与恶的威力将我捕获，

使我爆发野性，使我欢心爽落。

那时死板的一切会为我焕发生机！

我将在人生途中与人相遇，

在付出与收获之际不再寂寂无语，

我将被牵系——是呵——我也会用力去牵系。

当他发觉死神无动于衷，毫无表情，说话声中恐惧又多了几分

你看，你要相信我，此前可不是这种情形：

你以为，我已爱恋过，已恨过……

不，我从来不曾碰到过爱恨的核心，

那只是表象与言词的一场交换，空洞无情！

你来看，我可以向你证明：这些信，你看看，

他拉开一只抽屉，从中取出一包包整理好的旧日信件

这里满满的都是誓言、情话和哀叹；

你莫不是以为，我吐露的是真心，用这些词句——

我作为应答说出口的，会是我的真情实感?!

他将书信包裹掷到死神脚下，好几封信飞散了出来

你在这里看得到我所有的情爱经历，

其中回响的都是我，只是我自己，

那是我，在情绪起起伏伏之际，

随之起落，嘲讽着一切神圣的定力！

看这！看这！其他的也都同样迷蒙：

没有意义，没有喜乐，没有痛楚，没有爱，没有恨！

死神：

你这愚人！你这愚蠢不堪的俗类，我要教你，

趁你人生未尽之前，尊重一次生活。

你站到那边去，保持沉默，往这边看仔细

你会看明白，其他所有人都出自这方尘泥

携带着盛满爱的尘世意义，

唯有你自己叫声刺耳却实质空虚。

死神拉了两三下小提琴，仿佛是在呼唤谁。他靠着卧室门站立，在前景区右侧，克劳迪奥靠在左侧墙上，

置身于半明半暗的区域。从右侧门中走进来了母亲。她并不是特别年迈。她穿一件长长的黑色丝绒连衣裙，头戴一顶黑色丝绒睡帽，帽上镶有一条白边，恰好框住脸庞。纤细的苍白手指捏着一块白色的花边手帕。她轻轻地走出门框，悄无声息地在房间里来回走着。

母亲：

有多少甜美的伤痛都随着这空气
吸入了我的身体，像是薰衣草一般
我尘世人生的一半都化为一丝
柔和的死亡气息在这里吹散了：
母亲的人生哦，到如今，一分为三，
痛楚、辛劳、烦忧各占其一，而这有哪个男人
能明白？
在箱子前站定
这边沿还是这么锋利？
那一次他就撞在了这里，鬓上血直流；
当然了，他那时还小，性子也急躁，
跑起来真猛，挡也挡不住。啊，这窗户！
我曾经多次站在窗前，往深夜窗外去听

听候他的脚步声，心里是怎样的一种渴念，
那时我已无法再在床上忍受忧惧的折磨，
而他却不归来，而钟已经敲到两点，然后
敲到了三点，天已经泛出清晨的灰白……
多少次呵……可他从不知情——
我在白天里也有大把大把时间是独自一人。
这只手，它去浇花，它去将枕上灰尘
拍落，将黄铜门把手打磨得锃亮，
日子便这么过去：只是这脑子却无事
可做：脑中是一只沉钝的轮在转
带着预感，带着如幽梦般沉郁
神秘莫测的苦痛之情，这
大约便是母性中那难以捉摸的
隐秘的神圣所致
与这世间一切最深的网结
相似。可我没有如此幸运，
能将这已逝人生的
压抑却甜美、痛苦却滋养的空气
再多吸入几分。

我必须离去，离去……

她穿过中门，下。

克劳迪奥：

母亲！

死神：

别出声！

你唤不回她。

克劳迪奥：

啊！母亲，回来！

让我再吻一下你，用这里这双唇

这颤抖的唇，它们以前总是闭紧成细纹，

高傲地缄口不语，让我现在双膝下沉

这么跪在你面前……叫住她！将她抓牢稳！

她不想走的！你难道没有看出来?!

你这可怕的死神，你为什么要强迫她离开?

死神：

是我的，就得给我。你有过的，不再有。

克劳迪奥：

啊！可我从未

感受过！荒芜，全是荒芜！有过哪个时刻
我曾感到我这存在的一切根须都颤抖着
向她奔去，她在我身边带来的极乐
会如同神的临近那般神奇地
让我浑身战栗，涌泉般让我充盈
人之渴望、人之欢欲以及人之悲情?!

死神不为他的哀怨所动，奏起了一首古老民歌的调子。一位少女缓步走进来；她穿着一件样式简单，绣有大花的裙子，脚上是扎十字带的鞋子，脖子上围了一小块纱巾，头上毫无披戴。

少女：

当时可真美……你从没回忆过当初？
当然，你是让我受了苦，真的苦……
只不过，有什么不是在痛苦中结束呢？
我见过的欢乐日子是这么少，
而这些日子，它们美得如同一场梦！
窗前的这些花儿，我的花儿

这摇摇晃晃的小钢琴，这柜子，
我往其中放了你的信还有
你送我的那些礼物……这一切
——别取笑我——这一切都美
都会用清醒的迷人嘴唇说话！
闷热的黄昏过后降下了雨
我们倚窗而立——啊，那湿漉漉的
树的清香！——这一切都消失了，
其中所有的鲜活，都死去了！
躺在了我们的爱的小坟墓中。
只是，当时那么美，这都怨你，
你让当时那么美。然后你就把我
抛开了，毫不在意，冷漠，就像一个
玩累了的孩子，随意让花儿散落……
我的上帝，我两手空空，无法将你拴住。
停了片刻
后来当你的信来临，最后一封，那么可恶
我便想死。我告诉你这些，
不是为了折磨你。我只想写一封信

作为告别，不带任何怨言，
言辞也不激烈，不含狂乱的哀痛；
只是想写，有朝一日你对我的爱
和我会涌起思念，也会为之
哭泣少许，只缘为时已晚。
我没有给你写。没有。何必呢？
你的心，我如何懂得，又能懂得多少，
可这种种过往，将我可怜的感官
如此填满光亮与热情，让我
如同在青天白日做梦中的游行。
而眼泪唤不醒任何消亡之物。
人也不会就此丧生。只是许久之后，
在经历了漫长、乏味的困苦后我才
得以躺倒就死。而我恳求，
在你垂死之际要出现在你身边。
不是制造恐惧，不是为了折磨你，
只是像一个人将一杯葡萄酒
饮尽，其中芬芳却蓦然让他
忆起忘在了某处的浅淡兴味。

她走下了台；克劳迪奥用手捂住了脸。少女下台后紧接着就走进来了一个男子。他差不多就是克劳迪奥的年龄。他穿着一件不甚整齐，沾染了灰尘的旅行外套。在他的左胸插着一把刀，木质刀柄伸出在外。他在舞台中央站定，面朝着克劳迪奥。

男子：

你还活着吗，永远玩世不恭的家伙？
你还在读贺拉斯，还在欣赏
那讥嘲而灵巧、永远漠然无情的品性吗？
带着精致的词汇你接近了我，
似乎也为感动我的事物感动……
是我，你曾说，让你想起了
在你心中秘密沉睡之物，就如同夜风
偶尔诉说起遥远的目的地……
哦，是呵，风中琴弦的轻柔响动
那是你，而这动情了的风
却总是另一个人被滥用的呼吸
来自我或其他人。我们曾是

相识许久的友人。友人？这不过是说：
我们共同有过通宵达旦的交谈，
有过与同一批人的来往，有过
与同一个女子的调笑。共有过：这好比
主人与奴隶也共有过
住宅、轿子、狗，还有午餐桌和皮鞭：
住宅供前者享乐，对后者是囚牢；
前者是轿中所载之人，后者被这雕花车具
压伤了肩头；前者让狗在花园中
跳过圆圈，后者要来照料它！……
仅完满一半的情感，我的灵魂
在痛苦中诞出的珍珠，你从我这里取走
当作你的玩具抛到空中，
你，缔结友情也快，终结它也迅速，
我在灵魂中静默地追求
咬紧了牙关，你毫无畏怯
将一切拨弄尝试，而我的心头话
却带着疑虑，带着怯惧，死在了半途。
这时有一个妇人插入我们的路。我

受的震动，如疾病来袭，
一切感官昏眩，却又格外清醒
只因朝着一个目标凝视过多……
朝着的是如此一个目标，满满的甜蜜忧伤
与狂热的光和香，仿佛在深深的黑暗里
有闪电交织相缠……这一切，
你也看到的，你也心动过！……“是啊，因为
我自己有些时候也与之相似，
那少女疲弱的姿态和冷峻
的高贵才如此让我心动，如此青春
却已心灰意冷如此。”你后来
不是曾这么说与我听吗？你对她动心了！
她对我而言不只是这血与头脑！
玩到餍足你便将这玩偶抛给了我，
抛给了我她整个因你的厌倦
而扭曲的形容，它受了如此可怕的摧折，
如此消耗尽了神奇的魔力，
表情已空无意义，生气盎然的头发
死了般垂下，你抛给我一具假面，

用可恶的伎俩抛我入卑劣的虚空
将谜般神秘而甜美的魅力都摧毁。
为此，我最终对你只有恨，
而我的幽暗预感一直就这么恨着你，
我对你避之不及。
之后我就受自己命运左右
它终于赐予我这支离破碎之人
一个目标，一个意志在此心胸——
这心尚没有因你那有毒的陪伴
全然死去而对一切欲望麻木不仁——
是呵，我的命运推动我走向崇高之物
它在这严酷死神的行凶刀刃中，
死神将我抛入街上一条壕沟
我躺在里面渐渐腐烂
为了你无法理解的事物，
获得了三倍于你的福乐，
你这对谁都无所谓，也没有被谁看重的人。
他下。

克劳迪奥：

确实对谁都无所谓，也没有被谁看重。

慢慢站起身来
就像是舞台上一个拙劣的戏剧演员——
他言简意赅，说完自己该说的，然后离开，
对其他一切都冷漠，木然，
不被自己说话的声响所触动
也不会用高昂的音调触动他人：
在这人生的舞台上
我便这么走到了头，毫不用力，毫无价值。
为什么我会这样？为什么哦，死神，
你非得现在才教我看清生活，
不是隔着面纱窥望，看得清晰而完整，
刚有了些许醒悟，却又匆匆而过？
为什么征服这幼稚痴念的
是对生活之物的崇高预感，
而这些事物，当它们成为现实，
却只带来回忆的轻微震颤？
为什么我们耳边没有响起你奏的提琴乐曲，
将隐藏已久的幽灵世界掀起，
那曾被我们的心胸秘密收集，

掩埋，对意识隐瞒的世界，
正如花儿在卵石间散落而失了踪迹？
我能否与你同往，从此只听你的声音，
不再为纷乱的琐碎烦心？
我能做到！你用来威胁我的，请赐予我：
若我的生活已死，死亡，你便是我的生活！
是什么在强迫我，我这生死两不知的人，
非要把你称为死而另一样称为生？
你在一个钟头内所催逼出的生活
比整个人生所能持有的都要多，
那人生幻影我只想完全忘却，
我要献出自己，任由你的奇迹和威权发落。
他寻思了片刻
也许，这不过是垂死之际的思虑，
是临死而醒的血液搅动起的情绪，
可一切活时的感知都不曾让我
有如此多领悟，因此我称这为善义！
如果现在我应灯尽火熄归于尘埃，
这一钟头已让我脑中充盈满载，

一切苍白的生活都消散而去；

只有在我死时，我才感到，我存在。

当一人做梦时，梦见了过多感触

便可能从中醒转过来，

如今我便是受这过多感触所促

从人生之梦醒来，转入死亡的醒悟。

他落地，躺倒在死神脚前，死去了。

死神：

一边说一边摇着头慢慢下场

多么奇特啊，如此一些生物，

无法阐明之事，他们却要阐述，

从未写下之物，他们却要去读，

做出主宰的姿态，连接那些错乱杂芜

即使在永恒黑暗中也要寻得出路。

他从中门中消失，他说话的声音渐渐减弱。

房间里一片寂静。透过窗户看得到房外死神拉着小提琴走过，跟在他身后的是母亲和少女，紧跟着她俩的是一个貌似克劳迪奥的人影。

白扇记

幕间剧一则

出场人物：

报序幕者

福图尼奥

他的祖母

利维奥

米兰达

她的两位女仆：穆拉亭

卡塔丽娜

闭幕者

报序幕者：

注意注意，诸位良善的先生，诸位美丽的女士：
现在马上有一出戏要上演，它的力量轻柔
分量都抵不过一只羽毛球。戏的要旨如下：
青春总爱用宏大的词汇做搏斗的姿态
却又太过虚弱，就连小手指
这一点儿现实都无法承受。
就像羽毛球，那小孩儿的玩物，
要去模仿飞鸟一般，这出戏呵，
要模仿生活，但并不是要和它一模一样，
其实只是为不谙世事的眼睛
从生活那儿借来了些许它的表象。

他站在一座墓园入口处，靠近一座西印度岛屿上的府城。身上着装是上个世纪20年代的式样。——从左侧到背景有一排点缀着繁花、生机勃勃的树篱，它将墓园围住。这围篱上有许多入口。树篱后是有人行小道的矮山丘，四下里几株柏树。看得清的只有一座高坟，在左侧，靠近前景。这座坟也被一张攀满蔷薇的帐子挡住了。

福图尼奥和他的友人从右侧上。

利维奥：

有时候我不禁惊讶，当我想到
你还这么年轻，并不比我自己年长多少，
却能教我这么多事情。我觉得，
世上不论何事，你一定都知道。

福图尼奥：

我知道的实在少。不过我倒是
往深渊里看过一眼。我大约已明了：
这生活不过就是一场影子戏：
若只是让目光滑移而过，
倒也聊以度日，但如果要牢牢
抓住不放，它就会在你指间碎裂消散。
那一江奔流的水上，云儿投下的
影子纵然虚空，却也空不过
我们称为生活之物。功名财富
都是清晨里滑稽可笑的梦，

“占有”一切毫无意义的词语
是最愚笨之事，是某个中学教书匠
凭空想出的，他以为每一个词
必得有另一个与之对立，正如白对黑，
于是便这么将其生造，因为执念
倒是一真切存在之物。

利维奥：

你对生活了解得透彻，就此也教会了
我许多。那么你一定还会重新
找回生活，而不是在一段伤痛中
反复折磨自己，在这一座坟前
兀自心意纠结，比藤蔓缠绕得更紧。

福图尼奥：

可我情愿如此。我一心要胜过
这出影子戏，戏中的鳏夫角色
已落在我头上。虽然我还太年轻，
可我演这角色要用上这般浩大的忠诚
这般苦烈的认真……每个人都可将
自己的命运如此升华或压低。万事万物

无一件预先标出了价值，它们可值多少，
都看你如何对其用功。一切散流如水，
妓女或傻子也会得其惠泽，其内在价值
在你取为己用之际，已在其中蕴含。

利维奥：

可你也对我说过，而且不止一次：
我们得享福运也好，承受苦痛也好，
都不可将双手空置怀中。行动
与思考，你说，是生活的
根基所在，我们理当做的，
是思考时歇了行动，行动中才暂缓思考。
可是你如今却轻视对人间事的
关切投入，但这却是通往一切行动的
起点呵……

福图尼奥：

可我没有这样做！
我轻视我的仆人了吗？在那沉重命运
降临于我之后，我在这岛上
所有贵族之中不还是算得上

一位绝好的主人？问问我的白人奴仆，
问问我地产上那异样肤色的仆役！
我不是在你这里也得了欢愉，可心的朋友，
我的第二个自我，还更可爱，毫无阴云遮盖？
所以让我走上通往那座坟墓的路吧：
它不会把我从你身边夺走，它只是占了
平时本该用以效劳女士的空位……

利维奥：

说的却正是此事。你不能从你的生活中
任着性子拔除掉……

福图尼奥：

亲爱的朋友！
你知道，这空位上非得有什么，才能让一个男人……
我是说：你知道那独一无二的调料，
那唯一一份在爱情魔药中决不可
缺少之物，那唯一一个可让
魔力生效的事物……

利维奥：

我不知道，你指的是什么。

福图尼奥：

秘密便是它的名称。一个妇人不论
是美或是丑，是平庸，还是高贵，
是纯真少女，还是梅萨琳娜[1]，都一样，
可她必须是满怀秘密的人儿，
不然便一无是处。可我看这所有妇人恰是如此：
不含一丝奥秘……寡淡得无以言表。
话语并不空洞，但又漫不经心
我少年时代经历过的那些事物，
幼稚可笑，半被遗忘，如同葡萄架上
缀着的果实，它们在我心中悬挂，
然后凋零，却不是毫无秘密，
不像我眼前见到的这一切可能
不带丝毫诱人心动之处。
静声吧，我求你，提起此事只让我恼火。
他站到了坟前，与它只隔着树篱
这里躺着秘密，这里躺着我的秘密，

1　梅萨琳娜（Messalina）：以淫欲著称的罗马皇后。

哪怕想到此生尽头，我也无法将它猜透。

你认得她的，却还要唠叨这些话！

利维奥：

她非常美。她的样子真就是个孩子。

福图尼奥：

她是个孩子，而且就像孩子那样，
每走一步都是新生的奇迹。
当我们谈起话来，利维奥，我们只是
交换着平淡无奇、磨损无光的符号：
从她的嘴唇里涌出的所有词语
却好似由不染凡尘的气息新造而成
好似第一次负载上了含义。
她站在那儿，双眼率真不羁，
看重每一个事物，量之以各自价值，
比一面镜子更公正；从不会轻易
报以微笑，若这微笑不是自然而然
从她内心那清澈的井泉中升起；
纵身相与时如同花儿托身于风，
只因不知有其他，而又纤尘不染，

是染不上纤尘呵，她从来无须羞耻，
因为羞耻由某种自我分裂而生，
她却全然合一，洽然自在。
假设我有她一个孩子，或许还可忍受，
还可一年一度走到这坟前来悼念：
如今——我一无所有，仅余回忆。

祖母与她的仆人自后方上，从墓园中走出来。她是风韵不减的老妇；身着一件金色料子，绣有黑色花朵的长连衣裙，手拄着一根拐杖。黑奴在她身后撑着阳伞，打着扇。

祖母：

福图尼奥，你身体可好？

福图尼奥：

祖母，你在此地做什么？

祖母：

这问题问得可妙！在最近那株柏树下葬着你的父亲，我的儿子；再下一株柏树下是你的祖父，我的丈夫。还有一些坟墓，墓碑上的名字你念都几乎念不出来了，那里躺着我的各个友人。在这儿，让我挂念的坟，比你嘴中牙齿还多。

福图尼奥：

这样的坟我只有一座，可这已经足够。

祖母：

你的妻子原就是个孩子。她如今在天国与伯利恒那些无瑕的孩子们玩球呢。回家吧。

福图尼奥：

沉默不语，摇摇头。

祖母：

这位年轻的先生是谁？

福图尼奥：

我的朋友。他叫利维奥，出自西斯内罗家族。

祖母：

我认识您祖母，先生。她比我年轻三岁，比我美得多。我一度非常忌妒她……他有双俊俏的眼睛：要是他发起火来，这眼睛一定会变得格外阴沉：他祖母的眼睛就是这样……那都是些什么鸟儿啊，先生？

利维奥：

在哪儿，仁慈的夫人？

祖母：

那儿，在草地边的矮木丛上。

利维奥：

我想是云雀，仁慈的夫人。

祖母：

带着一种轻微而又格外优雅的嘲讽

不，先生，这是山雀。云雀绝不会立在矮木丛上。云雀要么高飞在空中，要么就完全隐没在地面的泥块当中。云雀绝不会立在矮木丛上。骡子不是狩猎用的骏马，蜂鸟不是蝴蝶。您的眼睛俊美，可您白白在脑袋上长了这双眼睛。这都是些什么年轻人啊？脚上绑着马刺，却在这里瞎晃荡，在墓碑之间流连不走。这地方配得上的是我这样的衣装，将所有凋萎的花叶都一起带走，将狭长的小道清扫干净。让已亡者去埋葬他们的亡人。你们站在这里，压低了你们年轻的美妙嗓音，和尼姑一样倚着栏杆窃窃私语，是要做什么？来，福图尼奥，我们回家去。我要在你家用晚餐。

福图尼奥：

不，祖母，我还想待在这里。明天再来我家用餐吧。

祖母：

你多大岁数了，福图尼奥？

福图尼奥：

很快就二十四了，祖母。

祖母：

你就是个孩子，这过重的哀伤要在你心里找到合适的位置，就像有人要用装满松松花园土的小陶盆装下一株柏树一样。

福图尼奥：

因缺失而起的哀伤会有多强烈，不是看年龄，而是看这缺失的分量。

祖母：

我嫁给你祖父为妻时，年纪比你现在大一岁。你知道的，我之前已经和另外一人结为夫妻。有一天，他们将我丈夫的尸体运到家中，那时我正等着他回家用餐。同一天我看到了我两个兄弟的尸体。

利维奥：

看向她。

祖母：

那是在1775年的5月，先生。

福图尼奥：

我连她的孩子都没有，她什么都没有留给我。他们抬起棺材的时候，就把一切都扛走了。

祖母：

你祖父和我，我们被流放了十年。我们随船离开的时候，立在船头，睁大双眼久久盯着海岸直到眼睛干涩。最后一处小山忽然之间就消失在了金色的海水中，就像一口沉重的暗色棺材。我们成了乞丐，比乞丐更贫穷，因为我们连名字都没有：而那边的石头棺材里却装着一切：我们的父母，我们的孩子，我们的住宅，我们的名字……我们就和影子一样。

福图尼奥：

她是这世界上最纯洁无瑕的小生灵。为什么她非要死去？

祖母：

我看到过这个国家最上等人家的年轻女子将自己的清誉出卖给一个卑鄙小人，为了让自己的丈夫免上绞刑架，为了让自己的孩子不忍饥挨饿。你的经历还少得很，福图尼奥。

福图尼奥：

沉默不语。

祖母：

我经历过的却很多。我知道，死亡一直都在。它一直围着我们来回周游，即使没有人看得到它；它站在阴影里某个地方，等候着，压死一只小鸟或者从树上折下一片枯萎了的叶子。我见过种种可怕的事物。但是经历了这一切之后，我更爱这生命，一日更胜一日。我现在甚至能在我之前感受不到它的地方觉察到它，在地上石头里，在有着善良眼睛的笨重大牛身上。走，走，你得首先学会爱生命。

福图尼奥：

我不确定，祖母。

祖母：

转过背，朝仆人说

多明戈，给鸟儿喂点食。不是这种，这种它们不喜欢吃。这些小鬼。给它们谷子！

她喂一大群小鸟。

停顿

听!

鸟儿们突然都扑闪着翅膀飞散开去。

你们听到了吗?

利维奥:

像是有个很小的孩子刚才在哭。

福图尼奥:

那肯定是只鸟儿。

祖母:

一只鸟儿!你难道今生从来没有听过这声音吗?那是一只年幼的兔子,落入了一只黄鼠狼爪中。你那些少年时光都用来做什么了,福图尼奥,居然连这个都不知道!那个时候,你的表妹米兰达的小丝绸鞋对你来说比森林边上一只狐狸的足迹都重要;你更情愿在玩球的时候碰碰她的裙子,而不是去追捕牡鹿,让额头擦过簌簌作响的湿漉树枝。所以你那时提前做过了日后才该做的,而你当时错过的,却再也补不回来了。青春对一个固执己见的家伙算得了什么？就像那些布谷鸟，从所有鸟巢里扔出了那里本该有的一切，只为了放进自己的蛋。你们年轻人身上有样东西让你们很容易焦躁不安。你们就像一个演员，靠临时发挥编写自己的角色，根本不留心关键的台词。这情形日后将不再有。你脑中有的一切，都是少年故作老成的胡思乱想。放弃吧，福图尼奥。你现在想跟我一起走了吗？

福图尼奥：

不，我更想留在这里。

祖母：

那您就跟我一起走吧，先生。我觉得，一个垂垂老妇也不会比这位年轻的少爷无聊多少。我要给您讲个故事。您想要什么样儿的，一个爱情故事，还是一个狩猎故事？

利维奥为她送上臂膀让她搀扶；他们走下台，仆人尾随其后。

利维奥：

边下台边说

保重了，福图尼奥。

福图尼奥：

晚安，利维奥。

他们消失在右侧树丛中。

福图尼奥：

独自一人

谁若想让我心志迷乱，不论他有多大的善意，

不论他是否洞悉此心，他都是我的敌人。

我一无所有，仅余回忆：

谁若乱了我心志，也会将这最后一点搅扰。

可在这坟墓的近旁，便感到有莫大强力

仿佛从一面黑暗、深幽的镜子中

升起了往昔时光，那么迷人，

那么超脱在一切言词之外，像玫瑰那般

无可言喻，像星辰那般无法探究至尽！

如果这是少年故作老成，我便永不愿

学会真正的成熟智慧。不，任何其他之物

我都不愿学会，只愿在脑中想象

她在那儿伫立……就在那儿……在葡萄园里

最后那一次！她任长发散开飘扬……

她说：“别出声”……这时我看到一只老鼠，
它溜过来，钻到一片黄色葡萄叶下
偷了被人遗忘的浆果，正费力地把它扛走。

他穿过树篱，在坟旁坐下，一丛蔷薇遮住了他，但是还隐约可见。米兰达和穆拉亭从右侧上。米兰达穿着一件镶黑色丝绒的白色薄纱裙。

米兰达：

我禁止你和我谈那些事儿，桑夏[1]。也许是有寡妇喜欢听这些话，我可不是她们中的一个。

穆拉亭：

沉默我也能做到，可没有人能阻止我暗地里去想，我还是会认定我说的没错，是过度的孤单造成了这样的悲哀，造成了这一次次突然爆发的感伤。

米兰达：

你这自以为是的妄想，对我来说当然毫无所谓，可为了把这点妄想都去掉，我就告诉你，是什么让我

1 桑夏：穆拉亭的名。

突然要人备马，在这酷热中赶到这儿来看望我亡夫的墓。是我今天凌晨时分做的一个梦让我感到这么害怕。我梦见，我站在我丈夫坟前。坟上撒满了新鲜的花儿，就像我吩咐园工做的那样，我要他每天都去撒花。那些花儿有着说不出的美丽，像生气饱满的嘴唇和眼睛一样闪闪发亮。突然，我弯下腰，看到花下面真有嘴唇和眼睛发出亮光来。这是我那安息了的丈夫的脸，比我见过的任何时候都更显青春，闪烁着清新和活力，让我觉得比现实中要小一些。然后，花儿开始枯萎，花瓣边缘干枯，花萼收缩，那张脸看似也在枯萎，缩成一团，我已经看不清它了。它完全被枯萎的花儿遮盖了。我手上正好有我的白扇，便用它把花儿扇落，好再看看那张脸。花瓣簌簌响着飞散开去，就像是干枯的树叶，可是那张脸已经不在了；坟山空荡荡、光秃秃，干得只剩灰尘。而我却觉得好像是我用扇子把它扇干了，我为此哭了起来，结果便也醒了。

穆拉亭：

可这并不是什么糟糕的事儿啊，仁慈的夫人。

米兰达：

你不知道，这梦为什么把我吓成这样。你不知道，这其中有何因缘。

穆拉亭：

但是我知道，这样的梦是怎么来的。我倒觉得诧异，仁慈的夫人居然不是每一夜都会梦见些可怕的事儿。我们家的房子是一个人能想象得到的最凄凉的住处了。白日里的索然乏味之后便是夜晚的萧索无味。死寂的花园里，寥寥几棵呆板的树和荒废了的凉亭。水池里没有水，旁边是空空的河床，在月光里泛出白光像是死神的住宅。屋外是沉默无语而让人目眩的灼流，屋内是坟墓般幽深的房间。还有那一切都冰凉神秘的小内间，露台，游乐亭台，一切都锁了起来……

米兰达：

你知道，这正是我想要的样子。现在你可以在原地守着，等我回来。

穆拉亭：

如果仁慈的夫人允许，我更想去接应卡塔丽娜。她是乡下来的，她很容易迷路。

米兰达：

好吧。那你们就两人一起在这儿等我。但是先把我的扇子给我。

穆拉亭：

从一条围巾下取出一把白扇子，递给她。

米兰达：

恼火地

白扇子！我难道没有交代过你，带一把别的扇子来吗？

穆拉亭：

仁慈的夫人那时候已经坐进车里了，而且所有别的扇子都锁在屋背后的衣帽间里。

米兰达：

把扇子递回去

那我宁肯什么扇子都不拿。

又把它拿过来

不，我就是要拿上它。这样虚妄的梦一开始就得抵抗住，不然它们会增长太多力量。

穆拉亭下。

米兰达正想沿着弯曲的小道慢慢走到背景中去，就在这一刻，福图尼奥从树篱后走了出来。他低头走着，一直走到她跟前才看到她。

福图尼奥：

米兰达！

米兰达：

我们很长时间没见过面了，表哥。不过我们今天在这里碰到，也是理所当然。你来看望你亡妻的墓，我要去看我亡夫的墓。

福图尼奥：

我还记得你在我妻子死后给我写的信。我已忘了，你用的是哪些词，但却记得信中有些许温柔、友好的情分，也同时有种疏远的意味。

米兰达：

我差不多快要忘了你到我家来看我丈夫出殡时的样子了。当时有那么多亲戚在。你在我身后站了很长一段时间，我都没有察觉到；直到你走的时候，我才看到你，看到的也不是你，而是我身边的大理石柱子上你的脸留下的浅淡影子和你的衣服留下的深暗影子，它们就那么散落了，滑走了。

福图尼奥：

这真是奇异：我也记得你的脸投下苍白的影子，你的衣服留下黑暗的影子，它就那么在大理石柱子上空飘浮而过。

米兰达：

带着一丝淡淡的微笑

这正与我们的情形相符：我们从前一直就只像彼此的影子。

福图尼奥：

你为什么这么说？

米兰达：

你不觉得，情况确实如此？

福图尼奥：

你是说，我们孩提时代的情况？

米兰达：

是啊，我说的是早些年的时候，在我们嫁娶之前。

福图尼奥：

是在你嫁人之前。

米兰达：

也是在你娶妻前。几乎是同一时间的事儿啊。无所谓了。但是影子或许不是恰当的词。当时其中并没有什么阴沉的成分。只是有些不清不楚，说不出的暧昧，飘忽不定。就像是春天暮色将临时高空里云的游戏。

福图尼奥：

是云，但后来却没有神灵从云里迈出来。

米兰达：

也没有女神出来。

停顿

回想过去那些事儿，挺傻的，不是吗？

福图尼奥：

沉默。

米兰达：

抱歉，我这样做真是很不聪明，多此一举。你可以放心，我在这么多年里并没有想过这些事儿。

福图尼奥：

沉默。

米兰达：

看来，我们没有多的可说了。天也晚了。珍重，福图尼奥。

做出要下的姿态。

福图尼奥：

米兰达，你丈夫是怎样的一个人？

米兰达：

眼神郑重地看向他。

福图尼奥：

别，别这么看着我。我不想说出任何伤害你的话。我的意思是：我对他知道得很少。他肯定对你施加过极大的影响。他让你改变了很多。

米兰达：

我不知道，是不是他让我有了这样的改变。

福图尼奥：

也可能是孤独的缘故。

米兰达：

是的，他，他的死，孤独，一切加在一起。可偏偏你是不大可能察觉到这些的。你肯定已经差不多忘了我，忘了我以前的样子了。你不可能知道多少真实状况。

福图尼奥：

我是不知道……

米兰达：

有一些时刻，人会怵然惊悟，大步向前；有一些时刻，千头万绪，纷至沓来。还有一些时刻，人会感到自己和自己的命运相连相属，不可分割。

福图尼奥：

你经历过许多这样的时刻……？

米兰达：

在我丈夫最终亡故之前的时日里，是有过几个这样的时刻。有一次，天色将晚。我坐在他床边，拿去一大捧书要念给他听。我首先将圣女大德兰[1]写的书拿到手里，但这本书让我害怕：我觉得那字里行间有死亡的气息。我将它放到一旁，开始念《曼侬·莱斯科》[2]。正当我念着的时候，我感到他的目光落在

---

1 圣女大德兰（St. Teresa of Avila）：16 世纪西班牙加尔默罗会修女、神学家，被罗马天主教会封圣。

2 《曼侬·莱斯科》（*Manon Lescaut*）：法国 18 世纪的一部小说，讲述一个青年贵族与女主人公曼侬私奔的故事。

我身上，感到他有什么话要说。我停了下来：他用一种羞涩到难以言表的眼神看着我，朝书的方向做了一个手势，一个微小的手势。但是这手势已表达了他想说的一切：这个年轻人与他的情人和我有什么关系，他们的晚餐和他们的骗局，他们的眼泪和他们的热恋，这一切和我这个人有何相干，我是个垂死之人！我把书抛开了。他眼中似乎还含着什么，像是一个请求，一个疑问。我在这一刻里感到，那目光停驻在我身上，那是现实的可怕强力。我没法用其他方式讲给你听。我感到，我只要眨一眨眼就能把他抛下一个悬崖，就像溺水的人，只要你打掉了他紧紧抓住小船的手指，他就一定会沉入水中。我感到，假若我现在站起身来，我迈出的第一步就会让我远离他千万里。我没法再承受这目光，我觉得我在那儿那么坐着，已经坐了好几个小时。

福图尼奥：

可怜的，你受了很多苦。

米兰达：

我喃喃低语了几句，我都不知道说了什么。我只记得他不知怎么地回答道："也罢，也罢……但是只要我坟上的土没有干，你就不会念起另一人，是不是……"在他说这话儿的时候，他脸上的神情就起了恐怖的变化，他可怜的双眼换上了一种冷漠之情，几乎是种敌意。他还淡淡一笑，仿佛露出了轻蔑。

她低头往下看去。两人沉默。

福图尼奥：

停顿了片刻之后

现在你真就完全孤身一人了？

米兰达：

沉默，心不在焉地看着他。

福图尼奥：

你肯定已有了很大变化，居然已能承受这些。

米兰达：

沉默。

福图尼奥：

你曾是我所见过的最黏人的小家伙。你从来就没法独自一人待着。就连对你的父亲，你也像是对待一位未婚夫一样。

米兰达：

非常冷淡地

我父亲现在有了第二位妻子。他不需要我了。我现在得走了，福图尼奥，我的车和我的女仆都在等我。

她离开。

福图尼奥：

珍重。

往右边下。

当他们离开对方几步远之后，福图尼奥转过身来。

福图尼奥：

米兰达！

米兰达：

站住。他们现在比之前离得更远了些。她疑惑地看着他。

福图尼奥：

我想对你说几句，米兰达。

米兰达：

我在听。

福图尼奥：

你听仔细了，米兰达。我知道，你是太阳底下最骄傲的造物，要给你提个建议不容易。仔细听我说：我们所有人都会很乐意听到，你会改变你的生活。

米兰达：

谁会乐意？我们的亲戚吗？他们我并不关心。你吗？

福图尼奥：

也有我。

米兰达：

你在撒谎……抱歉，我是说，你夸大其词。你什么时候关心过我的生活……也就和我对你生活的关心一样少！……到底我的生活中有什么让你这么讨厌？

福图尼奥：

米兰达，你的生活看上去更近似一个忏悔的尼姑，而不是一位尊贵的淑媛。我知道，我知道，你要对我说什么，但是你怎么说都不对，上帝哦，你这样不对，米兰达！你让自己欠了债，以一种神秘的方式欠了债。

米兰达：

欠了谁的债？

福图尼奥：

有种债是对生活的亏欠，感受力平凡的心智都对它视而不见，可这种亏欠会招来可怕的报复。

米兰达：

这一切和我有什么关系，表哥？

福图尼奥：

和你大有关系，米兰达。生活在其自身内承载着铁一般的法则，每一物都自有代价：爱负担着爱的痛苦，抵达的喜乐则背负路途上的无穷疲累；见识提高，则感受力削弱；感受炽热则要面对可怕的荒落。在整个生存之上压覆着死亡这一代价。——但与几句话能说出的相比，这一切都更有无限的微妙，其作用更是无限真实。——没有人能绕得开；每人都永不停息地凭借自身禀质偿付代价，因此没有人能以更低廉的代价换得比他理当所得的更高之物。而这种情形直至死期都是如此：大理石的额头，命运会用钻石做的大棒砸碎；而对付陶土的额头，它会用干枯的树枝。

米兰达：

微笑着

你说起话来就像是本书，福图尼奥。

福图尼奥：

朝她走近一步

但是有些高傲而固执的灵魂，它们为一物付出的代价，总想多于生活所求。若生活给它们破出一个伤口，它们便叫嚷着：我要让自己痛！并将手伸入伤口中，将其拉开，拉成一张淌血的嘴。它们要将这伤口中的人生经历撕咬翻弄，就像一群狗撕咬翻弄牡鹿的内脏。而对于这样的灵魂，人生将施以报复，正如它向来所做的那样：以牙还牙，以眼还眼。

米兰达：

看着他。

福图尼奥：

拉起她的手，旋即又放下。

你没有孩子，米兰达。在某一个地方生长着鲜花，它们颤抖着期待被这双手采摘。你的花园里，有回声等待着你的嗓音，就像一只空杯等待着葡萄酒。在某一个地方有座宅子，它的门槛你若跨过，便如同幸福进入房中。

米兰达：

在草原上的某一个地方奔跑着两匹马驹。也许其中一匹将来会拉你的灵车，另一匹拉我的。你愿意怎么想，就怎么想吧。

福图尼奥：

你真是个孩子，米兰达。这过度的悲伤悬系在你身上就像一根巨大的老藤缠住了一棵小树。你比你从前任何时候都更美。

这所有的话，他说得既不热烈也不柔情，而是平静又急促，就像是对着一幅美丽的画在说话。

在你身边环绕着某个事物，就像一片阴影，那是我在一个女子身上从未察觉过的。那个让你委身相与的男人，那个要用自己的臂弯而不是这丑陋的黑色腰带圈住你的男人，将拥有梦一般的奇物，它好比海之王族所佩戴的饰品，由一枚玫瑰色珍珠和一枚黑色珍珠做成。会有那样一些时辰来临，这男人将害怕他的幸福，仿佛那是一股自内而发、尺度超常的巨浪。

米兰达：

你为什么要和我说起这些，福图尼奥？你说出口的，并不是你心里所想的。这都不是因我而起，这都与我毫无关系，唯一缘由无非是我这两年沉默无音讯。你这么扰乱我的心，到底有何快乐？可你就是这样。你从来就是这样。假若我心情愉快，那你就会以让我悲伤为乐。有一种关心人的方式，会比漠不关心更伤人，而这就是你的方式！你谈起一个人，就像谈到一棵树或者一条狗。你说我高傲，可全世界没有人会比你更高傲。你真没好心，福图尼奥。保重了！

她眼中盈满泪水，很快地转过身去，走进背景，随后消失了。

福图尼奥：

独自一人

当年那个被娇惯坏了的执拗孩子竟变成了这样的女子，这事儿多么神秘。这整场冒险，近乎一无所有，可它还是让我困惑了。一定要留心在意，因为近乎一无所有的，恰是人生的整个材质。三言两语，扬起的睫毛和垂下的睫毛，交叉路口的一次邂逅，与另一张脸相似的脸，三段交错混合的回忆，风吹来的一阵树丛香味，我们自以为已忘却的一个梦……除此之外再无其他。这样的影子戏便是我们的生活与死亡。

他回到了他之前的位置，眼睛紧贴着地面

她起先是站在这儿的。这里的她在我眼里完全是另一副模样：柔顺而清冷，如同清晨里的鲜嫩柳树。但是这里有某物飞到了她头上，我不知道它叫什么名字。它像是生活的影子，从交缠着的枝条中穿透而过的一个影子，负载了许多成熟果实的光亮。谁若是拥有她，就会随时遇着另一个不一样的女人。

穆拉亭和另一个女仆从右侧上。

我在这儿做什么？为什么我竟在这沙砾里，在离我亡妻的墓七步远的地方，寻找另一个女子的踪迹？

恼怒地

如果我发现她的足迹和我自己的混在了一起，就像打谷场上农夫农妇跳舞时那样，我或许会开心吧！也许就在这儿跳……也许在那儿……也许在我妻子的坟墓上！

他发觉女仆上台，迷惑地站立了片刻，然后迅速下。

穆拉亭：

看着他的背影

一个英俊又年轻的先生！

白衣女子：

站得稍微远一点，在背景里

穆拉亭：

嘿，你在那儿做什么？你在哭啊！

是的，她在哭。卡塔丽娜！

卡塔丽娜：

别管我，桑夏。

穆拉亭：

是村里来信了？

卡塔丽娜：

我已经很长时间都没收到信了。

穆拉亭：

到底怎么了？

卡塔丽娜：

你听了只会嘲笑我。

我想不明白了，肯定是在那儿，那儿有一丛忍冬……

你闻到香味了吗？

穆拉亭：

就为了这个？

卡塔丽娜：

我们也有一丛

在家里，不是一丛，是一整个凉亭的忍冬。

穆拉亭：

然后呢？

卡塔丽娜：

别的也没啥了，我只是忽然想到了这些：

现在是黄昏时候了，父亲解开了

牛群的套具：白牛领先走到

井边，红牛跟在它身后。

瘸腿的菲卢艾克来了，母亲

将他的晚餐放在门前。

穆拉亭：

这还不是

惹你哭泣的缘由。

卡塔丽娜：

他们聊起了我哥哥，他现在

当了兵，也聊起我，想我过得怎样。

穆拉亭：

这也不是，卡塔丽娜：那挂满忍冬

的凉亭让你想起的完全是另一些事，

你现在到底为了哪些别的事儿哭，我的孩子？

卡塔丽娜：

你怎么会知道是别的事儿？

穆拉亭：

要猜到并不难。

卡塔丽娜：

那好吧，他们给我写了信——

她哭得厉害，却是闷声自个儿哭。

穆拉亭：

他有了另一个相好！哦，好不让人忧虑！

你难道会以为，你就找不着另一个？

在我像你这么大的时候，我也会

像猫儿一样动春情。每一个月

都爱上另一个，但每一次

都是在头七天爱得热烈

爱到我会哭起来，当我听到

哪儿有人高声叫唤或者听到尖利的

口哨和鼓声。如此热恋，是美的，

就连默不作声的时刻，在两人互相折磨时，
也都是美的，但这很快就会结束！
因为深夜和安眠有何关系，青春
与忠诚又有何相干？

卡塔丽娜：

桑夏，你不明白的。

穆拉亭：

我明白得很，比你自己还明白。

停顿

卡塔丽娜：

我看到仁慈的夫人了。

穆拉亭：

她又在做什么？

卡塔丽娜：

我想，她在祈祷。不，她弯下腰
用两只手碰着了一座坟墓。
现在她站起身走开了。她往这边来了。

米兰达：

上，神情恍惚，陷入沉思；她很快地走了几步，然后又极迟缓地走了几步。
他的墓地湿漉漉，在用沉默的嘴喊叫，
让我受的惊吓甚而超过十个
窃窃私语还用手指指向我
的活人。
她浑身战栗。

卡塔丽娜：

我可否从车下取一件大衣
给尊贵的您披上？天变凉了，
而且一切都沾满了露水。

米兰达：

仿佛半在梦中
沾满了露水，这一切！
而且天变凉了！蜉蝣旦夕之间便死，
明天又会有更多新的出生
多于今日死者。一日又一日
前后相继，却彼此迥然不同，
她双手抚摸过树篱
这么多的露水！我指尖在滴水，

在这里的树篱旁也满是露水，就在这地上，
在所有的墓地上……四处都是……哪儿不是？
古老至极的墓也由它弄湿
还有昨天的新墓……可明天就有
太阳升起，从它那儿会吹来一阵风
将一切都吹干。
她拿起扇子扇她的左手
这手指干了！
这是怎样的一个世界，其中的邪恶征象
这么快就会被祛除？
她的音调发生了变化，仿佛有一种发自内心的醉意侵袭了她
我头这么晕，就好像喝醉了一样！
这就是那一滴可能性，
注入了我疲弱无力的血液中
让我心神荡漾？
我到底是谁，这是怎样的世界，
这么微小之物都有这么大的威力！
无一处无一物牢固！上空只有流云，

中间是永远变幻不定的柔软水湾
填满骚动不安的群星……
而这边这大地，满满都是水流的
簌簌声，它什么都守不住：生活的克朗币
像圆球滚动，直到有一个勇敢的人
双脚跃起踩住它们；机遇，
宏大的词汇；我们自己只是空房间，
成千的梦在其中播弄出彩色的游戏
就如同喷泉里数以万计的水滴
滚涌，永远新，永远陌生；
我们所有的统一不过是绚丽的表象，
而我本身与从前那个自己，
一个小时之前的我相隔之近，
毋宁说相连之远，也就如同我和
那边扑翅飞过的鸟儿一样。
她战栗着
苦哦，在这一个世界
独自一人，是可怕得过分呵。
我有了这感受，我现在认清了自己的

软弱：但是我会有这感受，

这正是我软弱的根源。我们的思想

就这么绕圈，这让我们格外无助。

卡塔丽娜：

回转来

尊贵的夫人，天冷，这儿有件大衣。

米兰达：

一件大衣？是哦。你们有没有看到

一位先生从这里离开？他看上去如何？

穆拉亭：

哦，看上去像是个贵族……

米兰达：

不是这个，我是说……

我……

语速很快

他看上去是欢乐还是悲伤？

穆拉亭：

他离开得挺快，像是一个因自己的思考

而困惑和痛苦的人儿。

米兰达：

但并不是特别悲伤。

穆拉亭：

不，更像是心有挂念。

米兰达：

不自觉地，几乎是大声地说

这样的话一切都还会好转。

对卡塔丽娜

你是刚哭过吗？

她的语调现在无限轻柔，微微有些激动，是闲聊的口吻，时不时发出一阵欢笑。

你这可怜的孩子，你是觉得我家里

太荒芜太悲伤了，让你因为思乡而哭泣吗？

我们从明天起就重新在傍晚

去花园里走动，要他们为我们

在花圃里重新种上鲜花：

我们自己关在屋里太久了，

所以我们在户外就虚弱了，就像是

刚病过的孩子一样。

只是可惜……

穆拉亭：

可惜什么呀，仁慈的夫人？

米兰达：

其实没啥好可惜的，好桑夏。只是，由瞬间
生出的梦，居然能这么穿过虚空
涌过来，飞舞着紫色的旗帜，
而这现实……你说，让她哭泣的
也只是乡愁？……不是一个心爱的人？
她眼哭得多么红！噢，他说得的确好：
要留心防范那些男人，他们花言巧语
却看似并不怎么特别在意
他们是会惹你哭泣还是让你欢笑：
如此这般都只是伪装了的游戏，
而我们是愚蠢的！不，让我笑一下：
相信我，我几乎没什么理由要笑，
可是欢笑是诸神赠予的最可爱的
礼物：它如同天国的气息，吹拂给
一度沉埋在紫色黑暗里而

又要浮出来的一类人。

不过现在让我们离去吧，让人把车门

打开，这深夜真是温热而美丽，

伴着群星闪耀……不，我觉得，我

还从没见过这么多星星，它们在下沉，

好像要落到我们身边，我想知道……

她倚在卡塔丽娜身上，头往后仰，望向头顶星辰，下。最后几句话已变模糊，听不清楚。

幕落。

闭幕词

闭幕者：

现在她们离开了……接下来还发生了什么，

你们大概很容易猜到，可这一场戏

不想加载更多的内容，

而只想圈住一个彩色的瞬间。

对这样一桩事物，就像对待扇面上
所画之物，不要留意过多……只是要想着：
不幸自有其许多威力，
沉重的命运投下沉重的阴影，
可你们视为幸福的，你们正以之为生活的，
便是如此一个绚丽的空无，由梦编织而成。

散文

谈诗

除了自己在抒情诗歌中饶有成就的少数人之外，现在在德国找不到五个能对灵魂这最温柔的生娩有所判断的人。

——赫贝尔[1]

1 弗里德里希·赫贝尔（Friedrich Hebbel）：德国著名剧作家和诗人。这段引文出自他于1838年4月27日写给自己的情人爱丽丝的一封信。

加布里尔：

我为你在窗台这儿放了一本诗集。

克莱门斯：

是济慈吗？

加布里尔：

不是，是德语的诗歌。这些诗构成了一个整体，它们正是这样编排的。这个整体名字叫作《灵魂之年岁》[1]。这里写的是秋天。这本诗集从秋天开始。

马蜂们身披金绿色的羽鳞，
飞离了紧闭着的花萼，
我们乘轻舟以阔弧环绕
披覆铜棕色叶子的岛群。

克莱门斯：

这是秋天。可是你要么一次读完要么就别读。

1　这是著名诗人施蒂凡·格奥尔格（Stefan George）出版于1897年的诗集。

加布里尔：

你能静心细听吗？

来这诉说着死亡的公园看望：
远方微笑着的海闪烁的微光，
照亮了水池与斑斓小径的是
无瑕的云朵那不期而见的蓝。

去那里摘取桦树与杨树的深黄
摘取它们的淡灰：轻风熏暖，
迟开的玫瑰尚未完全凋萎，
将它们折采，亲吻，编成花环。

也别忘了最后的紫菀，
那紫色在野生葡萄的藤须四周
不论绿色生命有何遗留
且在秋天的面容中轻轻忍受。

克莱门斯：

真美。这首诗呼吸着秋天的气息。虽然“无瑕的云朵那不期而见的蓝”这样的说法挺大胆的，因为那激发欲求的夏日般的一湾蓝色本来是在云朵之间的。当然只会在无瑕的云朵的边缘。除此以外，秋日天空就是一整片阴沉密封的景象。歌德会喜欢这“无瑕的云朵”的。而“不期而见的蓝”无可挑剔。真美。的确，这就是秋天。

加布里尔：

你还想要更多的秋天的诗吗？

> 大门上铁百合锈迹斑斑，从门口
> 有鸟群飞离，飞往被遮盖着的草地
> 而其他鸟儿在门柱上瑟瑟发抖
> 从中空的花朵之瓶中啜饮雨滴。

还要再来一点吗？

> 我们寻觅没有阴影遮覆的长椅——
> 我们在悠长柔和的光芒中振奋如新，

我们心觉感激，当簌簌轻响之际
从树冠间有光亮之痕滴落身上，
而凝然注视并倾听，当那些
成熟的果实时不时地将大地敲击。

克莱门斯：

我求求你：要么就读完整整一首诗要么就干脆不读。

加布里尔：

你想要冬天的诗吗？你想要夏天的诗吗？想要夏天那四处冒险的欲望？夏天的沉郁忧伤？夏天的清晨？夏天的黄昏？

我们漫游的这座山丘，已卧在阴影中，
另一侧的此刻却还在明光中生气弥漫。
只是当白色的微云飘浮，
月光才洒上它柔软的绿色席毯。

绵延至远方的街道渐趋灰淡，
漫游者因为一阵低语而驻足：

那是山间一泓无法为人所见的水，

还是一只鸟儿在将它的眠曲呢喃？

只是当白色的微云飘浮，

月光才洒上它柔软的绿色席毯……

克莱门斯：

我看到了我童年时代的一片风景。这似乎是一本美好的书，这本《年岁》。到底为什么是“灵魂之年岁”呢？我喜欢简练的标题。

加布里尔：

我也喜欢简练，正因为此我才觉得这个标题如此出色。因为这里是一种秋天，又不仅仅是秋天。这里是一种冬天，又不仅仅是冬天。这些季节，这些风景，无非是另外一些的承载者。

难道那些感觉，那些朦胧的感觉，我们的内心中最普遍而最深挚的状态不正是以最奇特的方式与一种风景、一个季节、一种空气的特质、一抹气息交织在了一起？你从高高的车上跳下时的一个特定动作；

一个了无星光的郁热夏夜；房屋过道里的潮湿石块的气味；喷涌的泉中冰凉的水冲刷你的手时带给你的感觉：你拥有的全部内在与这样的数千个尘世之物联结在一起，你所有的激奋，所有的欲望，所有的沉醉莫不如此。不仅仅是联结：你的内在以其生命之根牢牢地与它们错结生长，如果你用刀将它与这一土壤割断，它就会溃塌萎缩，从你的手间消失于无形。如果我们想要找到自我，那我们就不可沉入我们的内心：在外界才可找到我们自己，在外界。正如并无实质的彩虹一样，我们的灵魂跨浮于存在那不可阻挡的下坠之上。我们并没有拥有我们自身：它从外界拂入我们。它从我们逃遁已久，在一股气息之中回归了我们。虽然这是——我们的“自身”！这一个词是如此的一个隐喻。过去曾经在这里筑巢的激灵回归于此。可它们还是当时的它们吗？难道这些回归的不更像是当年离去者的后代，不更像是被一种幽暗的乡思所驱使才回到这里的后辈子孙？总而言之，有一些东西回归了。而有一些东西在我们心中与另一些相遇了。我们无非就是一个鸽棚。

克莱门斯：

真奇特，你的思绪居然会走到这样一条路上。而我所想到的却是沿着另一条思路，完全不同的一条思路：很难不去怀疑，在人性的禀赋中是否有某种实质存在。而可怕的是，我们要对外在性的强力进行斟酌：写一个剧本必然是无以复加的艰难，而审判一个凶手必然是无以复加的艰辛。

加布里尔：

可是奇妙的是，我们的存在所具有的这种结构与诗歌是如此契合：因为它可以不再拘囿于我们心灵的狭室里，而是居住在渺然阔大、无穷无尽的大自然里。正如艾丽尔一样，它可以留驻于紫光闪耀，俨然一派英雄气象的云峰之上，可以设巢于树群摇曳不定的叶冠之间；它可以听凭情欲流溢的夜风挟它远去，可以消散在一拂轻雾里，一种洞穴潮湿的气息里，一颗孤星闪烁的光亮里。从这种种的变形中，从这种种的历险中，从所有的深渊与花园中，它带回来的不是别的，而是人的情感那颤抖的气息。它如艾丽尔一样不需睡眠；且将它抬升，让它远远高于怠然沉酣的大地，让它直达寥廓的苍穹，那里有一颗独居的星，一位神圣的看守，在恣意而忠诚地燃烧着。这星始终在同一个位置临照西方颤抖的光之悬崖，这悬崖在太阳的行程之后震动：且让它在众精灵的近旁，在没有鹰环飞的绝顶高度，将这表演吸纳——当它翩然而下，回到你这里，它将载着一种宏大的却是人的情感。因为虽然它的飞翔毫无界限，它的本质却是有界的：它从世界的某一深渊里带回来的，除了人的情感怎么可能还有其他，因为它自己不是别的而是人的语言！

克莱门斯：

不过它不完全是语言，这诗歌。它也许是一种提升了的语言。它充满了画面和象征。它用一种事物来代替另一种。

加布里尔：

这是多么令人厌恶的想法！你这样说不是认真的吧？诗歌从来不会用一种事物来代替另一种，因为正是诗歌孜孜以求地要将事物自身显现，以一种与日常语言完全不同的力量，以一种与贫弱的科学术语完全不同的魔力。如果说诗歌另有所为，那就是：它如饥似渴地从世界与梦幻中的所有景象啜吸出它最真、最本质的东西，正如童话中的那些鬼火四处舔引出黄金来。诗歌如此做，原因也是如出一辙：因为它依赖万物的精髓供养，因为如果它不从所有的空隙、所有的裂缝中抽取供养它的黄金，它就会惨然熄灭。

克莱门斯：

那么没有任何对比吗？没有任何象征吗？

加布里尔：

啊，不如说，这里无非是此物，除此再无其他。但是我想我让你觉得无聊了，我们情愿谈点别的。我们可以出去走走，你愿意吗？随你吧。这里还有一首挺美的诗，来自《夏天》这组诗。

这幅美丽的小像是否引起了你的回忆，
画中人曾冒冒失失攫向深谷中的玫瑰，
他曾逡巡游猎而将时日忘记，
他曾啜饮盛满蜜汁的花蕾？

他曾为了获得宁静走向公园，
一阵翅膀的闪光让他走得太远，
他在那水塘的边沿坐下，满怀思绪，
他倾听深深的隐秘。

从石头以青苔为冠的岛上，
那天鹅离开了与瀑布的游戏，
在这孩子的手上，精致的她
有心迎合的她，将修长的脖颈搁放。

克莱门斯：

是啊，这挺美。这是童年的魔幻之环，被难以平息的渴求那纯粹而深邃的镜子捕获。它是多么的纯粹啊！就仿佛一抹自由的轻云在一座山峰之上高高飘浮。它是多么的纯粹啊！它将一种无边无际的状态如此简单地表现了出来。

加布里尔：

这是所有诗歌所做的，至少所有的好诗是如此。它们都表达了心绪的一种状态。这是它们得以存在的理由。而所有其他的事，它们必须交付于其他的形式：戏剧、小说。只有它们这一类能够造成情境，只有它们这一类能够展示情感的游戏。

克莱门斯：

我是说，是这一首诗将一种状态如此简单地表达了出来。它没有用上任何象征。我记得你以前喜爱的另一首诗。诗中出现了两只天鹅。是不是赫贝尔写的？

加布里尔：

是赫贝尔写的。这就是那首诗：

受着渐趋阴暗的巨波
下降的压迫，
两只天鹅，微光闪烁，向此滑落：
风阵阵，鼓胀
浪涛，愈益汹涌，
雾阵阵，披临而降，晦暗沉重。

天鹅，它们躲避
彼此，受着苦痛。

如今难以为续，它们无法
再将炽烈之情隐藏半分，
它们只愿将彼此享有，
在迷雾的包裹中，在浪涛的激荡中。

它们亲媚，它们爱抚，
它们无惧汹涌波涛的
怒号，紧紧相拥，合二为一。
纵使波涛澎湃涨高，
它们燃烧，它们入梦，
于爱与乐中向着死亡沉坠。

在深挚的结合之后，
是甜蜜的疲倦。
未及预料，巨波即将它们分离。
且放过这羽禽！
你们再也看不见彼此，
白昼已逝，夜色晦暗。

我的朋友，这首诗也是表达一种状态，除此再无其他。这是心绪的一种深邃状态，充满带着忧惧的情欲，充满怀着哀伤的勇烈。

克莱门斯：

那这天鹅呢？它们是一个象征吗？它们意味着——

加布里尔：

请让我打断你一下。是的，它们有意味，但是不会说出它们的意味所在：不论你会说出什么来，所说的都不正确。它们在这里意味着的无非是它们自己：天鹅，天鹅，当然是诗歌的眼中所看到的。诗歌每一次看每一件事物都是第一次看，它让每一件事物都被其存在的所有奇迹环绕：在这里，环绕天鹅的是其以帝王之态飞行的高贵；是当它在黑色水面满怀哀伤、满怀鄙夷地巡游时，其闪光的洁白身体无言的孤独；是关于它临死时刻的奇妙传说……在这眼睛中，这些动物是本初的象形文字，是上帝借以将不可言说之事写入世界的活的神秘符码。诗人是幸运的，他被允以将这些上帝的符码织入自己的文字中——

克莱门斯：

可是我记得听你说过，诗歌决不以一件事物来代替另一件事物。

加布里尔：

诗歌决不会那样做。如果它那样做了，人们就该像踩熄一束丑恶的、跳闪的磷火一样毁掉它。它那样是要在平庸的语言之外做何添足呢？引起困惑吗？在一棵有生命的树上悬挂纸花吗？

克莱门斯：

那这天鹅呢？还有你的所有其他那些符码呢？

加布里尔：

它们是凭语言无力破解的符码。你明白我的意思吗？那秋日里的公园，这些被夜色笼罩的天鹅——你找不到任何表达思想的词，任何表达感情的词可以让灵魂排遣出那些，恰恰是那些触动。而这里是一幅画面让灵魂从中脱逸而出。我是多么情愿认可你所用的“象征”这个词，如果这个词不是已经流于干瘪，让我恶心。我们或许应该可以和孩子们，和虔信者，和诗人来进行这样的一次谈话。对于孩子，一切无非象征，对于虔信者，象征是唯一的真实，而诗人除此之外再见不到其他。

克莱门斯：

你跑题了：——信仰的象征？我们原来谈的是诗歌。

加布里尔：

我还是在谈诗歌。但是我想首先为由语言的深邃精灵所铸造的一个词清除它的黏土外壳。你知道，什么是一个象征吗……你愿意试着想象祭品是如何形成的吗？我觉得似乎我们之前曾经谈到过。我指的是被屠宰的祭品，是用来献祭的一头牛、一只牡羊、一只鸽子的血与生命。人们如何能想到这样就能取悦被激怒了的神灵？要做此设想，需要一种奇妙的感官欲念，一种烟云氤氲，沉醉于生命并且隐秘幽深的感官欲念。我想象，我看到了第一个献祭的人。他感到众神憎恨他：他们在他的田地里抛掷急流的涌波和山间的滚石；他们想用森林骇人的静寂榨碎他的心灵；或者他觉得有一个已死者贪婪的灵魂在深夜乘风而入，坐在他的胸口上，渴求着血。于是他在自己的低矮茅屋和心灵恐惧的双重黑暗中抓起了一把锋利的弯刀，准备让血从自己的喉颈喷涌出来，以愉悦这令人恐怖的不可见者。而这时，沉迷于恐惧、狂乱和死亡的迫近，他的手再一次几乎是无意识地摸索着牡羊浓密温暖的羊毛。——而这只动物，这个生灵，这个在黑暗中呼吸着的、有着血的温热的生灵，离他如此近、如此亲密——突然这把刀挺进了这只动物的喉咙，温热的血同时洒落在这动物的长毛以及这人的胸口和手臂上：必然有一个瞬间这人相信这是他自己的血；一个瞬间而已，当他的喉里涌出的一声含着情欲的胜利欢呼与这动物垂死的呻吟混合并发，他必然以这死亡的第一下抽搐掠得了被攫高的存在的情欲：他必然如此，在一个瞬间的时间里，在动物死去的这个瞬间，只有这样这只动物才会代他死去。而这动物能够代他死去，这成了一个极大的神秘，一个充满隐秘的宏大真相。这动物死去了，以其象征性的献祭之死。但是这一切都在于，他也通过这只动物死去了，在一个瞬间的时间里。他的存在在一呼一吸的间隔里融入了陌生的另一存在。这就是所有诗歌的根源：正如在宏大者中透明可见的那样——因为还有什么比这更清楚——

只要哈姆雷特站在舞台上并引我入迷，我的感情就会融入哈姆雷特？不过在细微处同样是透明可见的：那些天鹅的白羽，在思想闪电掠过的那一刻，不正如哈姆雷特的切肤之感一样攫住了我？但要真正地相信，相信真正是如此！这种魔力对我们是如此令人畏惧的切近：只是因为这个原因它才难以识别。除了这种幻化之力，自然再无其他方法来攫取我们，将我们拉向自身。这魔力是象征之所有，将我们征服。它即是我们的身体之所是，我们的身体即是它之所是。因此象征是诗歌的元素，也因此诗歌决不以一物代替另一物：它说出词语，是为了词语本身，这是它的魔力所在。它如此，是为了词语所包含的触及我们的身体，不止不息地让我们变形的魔幻之力。

克莱门斯：

我没有领会，你借这个倾洒动物的血代替自己的血的人想要说什么？

加布里尔：

他完成了一次象征性的行动。他借那动物去死，克莱门斯，因为他有一个瞬间的时间融入了这个陌生的存在，因为有一个瞬间他的血确实是从那动物的咽喉涌出——

克莱门斯：

你是说**确实**，加布里尔？

停顿

他借那动物死去，而我们将自己融入那些象征，你指的是这个吗？

加布里尔：

当然。只要它们具有幻化我们的力量。

克莱门斯：

它们从何处获得这种力量的呢？他如何能借那动物死去呢？

加布里尔：

从这个事实中，即我们与世界并不是彼此相异的。

克莱门斯：

这想法中有些奇异之处，一些让人不安的东西。

加布里尔：

正相反，是包含着无尽的安宁的东西。唯一甜蜜之事便是，看到自己的沉重所在有一部分能交付出去，哪怕只是在一缕气息那么神秘的时限里。在我们的身体里，大千万象昏昏积压于一处：使自己从这可怕的重压中千百度地释放，是何等的福乐。

克莱门斯：

可是，在我看来，肯定有诗歌是美的，却不含这种情热的幻化之力。歌德有些谣曲就轻盈得像一缕气息，简明得像莫扎特的一段旋律。古典时代有些诗歌就如同衬在蓝色夜空下的一片深色葡萄叶。那本选集[1]满是这样的例子。这本集子你比我更了解。

加布里尔：

我了解这本集子：园艺工拉蒙向普里阿普斯[2]献上最美的水果：他在韧皮篮里放上了美丽的锯齿边树叶，在叶子上放上了绽裂的石榴，其中湿漉漉、颤悠悠的紫色果肉包裹着千百颗甜籽；在石榴边他放上了皱叠重重的无花果，还有红光闪烁、草莓般香气四

---

1 这里指的是著名的《古希腊铭文选》，搜集了近千年里古希腊的铭文诗，其中多神话典故，约成书于10世纪。以下众多描写都来自这本选集。

2 普里阿普斯（Priapus）：希腊神话中酒神狄奥尼索斯和美神阿芙洛狄忒之子，是园艺和葡萄种植业的保护神。

溢的葡萄，披着绒毛的榅桲，已经跃出绿色外壳的半熟的核桃和汁液饱满的黄瓜：他就将这一篮水果放上神的圣坛，当作为他自己的生命和他的果树的健康所行的祈祷。而尼柯，那个女巫师，向基普里斯[1]献上紫水晶做的陀螺，用紫色羊毛线绕裹的有魔力的陀螺。她用这陀螺可以吸引男人们越海而来，引诱女孩们走出密闺。一个女孩子为在她卧室居住了两年如今死去的蝉立起墓碑。渔夫们拖起沉重的渔网，发现了一个被大海吞噬的男人，一半躯体已经被鱼咬食。他们将他和他身上的鱼一起埋葬在礁石滩浅浅的沙子下；为了让大地完整地收回他，他们将咬噬他并以他果腹的鱼一起埋葬。一颗愈益饱满的葡萄搁在阿芙洛狄忒的圣坛上，作为报答受其庇佑的一个甜蜜夜晚的谢礼。它在那，过热地回应着神的力量，赤裸，孤独，其母亲不再为其提供友爱的藤蔓，不再用散发着香气、满载温热而隐秘的阴暗的叶子来荫蔽她赤露着的年轻的身体。

---

1 基普里斯（Kypris）：古塞浦路斯人所崇拜的丰产女神，后融入古希腊的爱神阿芙洛狄忒崇拜。

克莱门斯：

还有那些，那些榨汁酿酒的！还有那些，那些爱恋着的！你是否还能记得，每字每句？

加布里尔：

那些人，那些榨汁酿酒的，他们觉得自己如同众神。他们感到似乎酒神就在他们中间，伴着他们在深夜工作。似乎他就在他们身边踩踏，长长的衣袍卷起直到膝盖以上，他置身于红色的浆液，那浆液的香气就足以醉人。同时他们也是在洗浴，在舞蹈：他们舞蹈的迷狂恰是那让他们的洗浴越来越高涨的缘由。果汁从榨汁机中滚滚涌出；如同小舟一样，木质的舀杯在紫色的洪流上漂摇。这时美丽的罗丹塔[1]深深俯向榨汁机中，她的白色亚麻衣衫很快就湿透，她的胸与臀很快就汗滴闪烁：

于是那姑娘的胸部高耸，而我们没有一人

不是拜倒于酒神听从于爱神。

1　罗丹塔（Rodanta）和前文酿酒的故事也出自《古希腊铭文选》。

在阴沉的黑暗里，在叫嚷声中，在摇摆不定的火把焰光中，在葡萄之血的喷溅中，阿芙洛狄忒忽然从紫色的泡沫中诞生：酒神从榨汁机中升起，狂野如同上涌的浪涛，他浸湿了一件长袍，让它随波流下如同一具发光的赤身，他从一个女孩子身上创造了女神，在其身体四周环流着欲求与迷醉。

克莱门斯：

还有那些甜美的，不知羞的？那一首，说到他们交换了衣衫，重新将对方紧紧拥抱的？还有那首，说到他们彼此交融在一起挑战众神，说到他们渴望着投入对方怀抱，希望让赫菲斯托斯的网包围自身，希望让众神和人类能看到他们，忌妒他们？[1]这不都是美的吗，这些诗歌，如此简明而美，如同有着粉红唇嘴的美丽贝壳？它们不是美得和玛瑙玉石做成的平滑美丽的酒杯一样吗？不是美得和盛满清水直至边沿的铜铸盆一样吗？如同以一弧凌空于山涧的石桥？如同耕牛身上

1　按照古希腊神话，爱神阿芙洛狄忒本是锻造之神赫菲斯托斯的妻子，但背着他与战神阿瑞斯偷情，被赫菲斯托斯发现后，后者用金网捉住两人，扔到了奥林匹斯诸神前。

曲翘的轭架？歌德不是曾经喜爱它们胜过世界上任何其他事物？当他发现它们的时候，他不是欣喜至极，如同一个从山坡爬下来的漫游者在苔藓和山石间发现了一处蜥蜴的居所，一个奇异的大理石图像，一座神像的发光废墟，细绘的发出号令的手，或者有着衣服绾结的耀眼肩头？他不是从此羞怯于自己青春的声调而将所有吹入这一支潘神的笛子？从那时起，岂不是奥德修斯的帆船和弦琴状的曲折海湾，岂不是那水果篮、花环、大理石井沿、提布鲁斯[1]曾在其上思念恋人而发出叹息的床，岂不是那维吉尔的畜栏和谷仓，毕欧恩[2]的牧园垂柳，岂不是那所有得以赋形的图景和所有由众神之手构造、如同赫菲斯托斯的大锤锻造的作品一样装饰着大地这闪光的圆形盾牌的事物，岂不是它们成了他灵魂的家园？他不是觉得自己与造形者更亲近，而与演说者相远？他曾赞叹过谁像他赞美那以精巧之手制造以弗所[3]的狄安娜胸前的饰物的人

1 提布鲁斯（Tibullus）：古罗马诗人，擅长写哀歌。

2 毕欧恩（Bion）：来自爱琴海边士麦那的希腊化时期诗人。

3 以弗所：内有供奉月神狄安娜的神庙。歌德曾写《以弗所的狄安娜是伟大的》。

那样？大胆地入幼发拉底河探取，让水流在双手中凝成球，这是他所认为的文学创作[1]。他不是讥讽浮想荡漾的人吗？那些永远渴求的人？那些除了永难遏制的对渴的渴求再找不到其他意义的人？对他来说自然不就是永恒的造形者吗？对他来说，不是所有的力，所有的魔，甚至痛苦都是造形者吗？回答我，加布里尔，这得以赋形的思想不是美的吗？这思想不是在自身中有着十倍的生命之光，如同珍珠吸取赤裸的手上的湿光于自身，再以十倍反射出来吗？

加布里尔：

是的，这思想是种美的事物，而你将它比作珍珠和宝石，是多么正确。它就像这两样，这两样的美胜过所有繁花与生命，因为它们超越了繁花与生命与死亡。而对于一个年轻的世界，一个尚处于盲目中的世界，这思想是奇迹中的奇迹。是那独自倚靠着，裹着大衣，如狗般守候着的水手看到的空中的飞鸟：沉重昏暗的大海死一般寂静，海上难辨昼夜；在那

---

1 此处影射歌德的《西东合集》中的一首诗《我泛舟在幼发拉底河》。

些灰色的、荒芜的岛上空垂挂着纹丝不动的云线，仿佛它们已在那里垂挂了数千年，仿佛是空中的岛；这一语不发的期待，这无光也无影的世界的缄默是难以忍受的：这时，一只在东方高处降临的奇妙的海鸟，帝王一般盘旋飞舞的海鸟，披着即将破晓的白日的光辉闪闪发亮的海鸟，它飞翔的意义，就是这种思想对于一个早初的混沌世界的意义。我们却已经满载了思想，它们的数量之巨超过了无边的海岸上的贝壳。我们急需的，是气息。

我们的灵魂赖以滋养的，是诗歌，在这诗歌中，就如同拂过刚收割过的草原的夏夜清风，一股同时赋有生命和死亡的气息向我们飘来，一种繁花盛开的预感，一种凋落颓败的惊惧，是此时，此地，同时又是彼岸，莫大的彼岸。每一首完美的诗歌都同时是预感与现时，欲求与满足。它是一种象牙制品，如同空气一样透明，它是一个永不睡眠的信使，魔术的咒语会将它全然完成；一项神秘的使命会驱策它穿越天空：在飘浮中，它从云朵、星辰、山峰和气流中吸取了它们本质中最深的气息，它口中魔术的咒语忠实地响起，却又引人惶惑，它渗透着云朵、星辰、山峰和气流的秘密。而歌德呢，他的所为如此丰富，如同一个变幻不定的神的所为。他就像赫拉克勒斯一样，其历险每一桩都笼罩着荣光，每一桩都栖居于另一片风景中，互不知晓。他年轻时代的歌谣不是其他而是一股气息。每一首都是从一个瞬间脱逸出的精灵，它轻扬而上，进入天顶，悬浮放光，将这一瞬间所有的极乐都吸入自身，并化作气息融入了清彻的太空。他老年时的诗歌有时则如同幽暗深邃的井，在其水面上滑过从不为向上凝望的眼睛所知的面容，这面容，除了那些俯身望向一个漫长生命的幽暗深邃之水的人，世界上不会再有人看到。你真的以为，他总是将得以赋形的思想举向阳光，如同举起玛瑙绿玉做成的双耳盆？你听：

莫要说与他人，只可让智者知晓，
因为芸芸大众听了会立刻嗤笑，
我愿赞美那生灵，
那追求着在火焰中死亡的生灵。

情爱之夜中那冷却的时候，
于你创造之际也将你造就，
此时有陌生的感受将你侵袭，
当宁静的烛火熠熠。

你不再沉浸于
这黑暗的荫蔽
新的欲求引你
向着更高的结合而去。

路途遥远你也不觉艰辛，
你振翅飞来，深受吸引。
而最后，带着对光明的渴望
你，蝴蝶，在火中消亡。

而只要你还不曾将此经受，
也即：死去并成就！
你就只是一名沉郁的过客，
在昏暗的大地上行走。

你听到这声音了吗，就像一只着了魔的夜鸟向一间有人死去的房间唱出的声音？据说，这是他在克里斯蒂亚娜·乌尔皮乌斯[1]死去的那个深夜所作的。灵魂的真实经历，何种词语可以表达，如果不是那些受了魔力的词语？有一个瞬间来临，从千千万万个瞬间里压出精髓来，它冲入昔日的洞穴里，从千千万万个构成这洞穴的昏暗而僵化的瞬间里便奔涌出洞穴所有的光芒：从未存在过的，从未有过的，现在出现了，现在诞生了，成为此刻，而不只是此刻；从未在一起的，现在同时现身了，汇合一处了，交融出了热流、光华与生命。灵魂的景象的美妙远胜过星空：在其中不仅仅是银河由千万颗星组成，那些阴影的深谷，那些晦暗之处也由千万个生命组成，这些生命因为自己的拥挤而变得暗淡无光，因为自己的重负而窒息。这生命自我纠缠的悬崖会有一个瞬间被照亮，被解放，从中会诞生银河。这些瞬间就是完美的诗歌的诞生之时，完美诗歌具有的

1 克里斯蒂亚娜·乌尔皮乌斯（Christiane Vulpius）：歌德的妻子，1806年与他结婚，1827年去世。

可能性与这些瞬间具有的可能性一样没有界限。可是这些瞬间何其少，克莱门斯，何其稀少。可是毕竟会出现这样的瞬间，这难道不是一种奇迹？存在着一些词语的组合，从中会有灵魂的景象迸发出来，如同暗色的石子相撞迸射出火星一样，这些景象如同星空无从测量，在空间和时间中延展。将这景象饱览于心，会有一种意义在我们心中变得鲜活，超越其他所有意义。毕竟会有这样的诗歌产生……

图书在版编目（CIP）数据

风景中的少年：霍夫曼斯塔尔诗文选 / (奥) 胡戈・冯・霍夫曼斯塔尔著；李双志译. —南京：译林出版社，2024.4
(俄耳甫斯诗译丛)
ISBN 978-7-5447-9924-9

Ⅰ.①风… Ⅱ.①胡… ②李… Ⅲ.①诗集 - 奥地利 - 现代②散文集 - 奥地利 - 现代 Ⅳ.①I521.25

中国版本图书馆 CIP 数据核字 (2023) 第 190991 号

风景中的少年：霍夫曼斯塔尔诗文选
[奥地利] 胡戈・冯・霍夫曼斯塔尔 / 著 李双志 / 译

从书主编 凌 越
责任编辑 张 睿
装帧设计 陆智昌
校　　对 蒋 燕
责任印制 颜 亮

出版发行 译林出版社
地　　址 南京市湖南路 1 号 A 楼
邮　　箱 yilin@yilin.com
网　　址 www.yilin.com
市场热线 025-86633278
排　　版 南京展望文化发展有限公司
印　　刷 南京爱德印刷有限公司
开　　本 850 毫米 × 1168 毫米 1/32
印　　张 11.875
插　　页 4
版　　次 2024 年 4 月第 1 版
印　　次 2024 年 4 月第 1 次印刷
书　　号 ISBN 978-7-5447-9924-9
定　　价 58.00 元